都会のラクダ

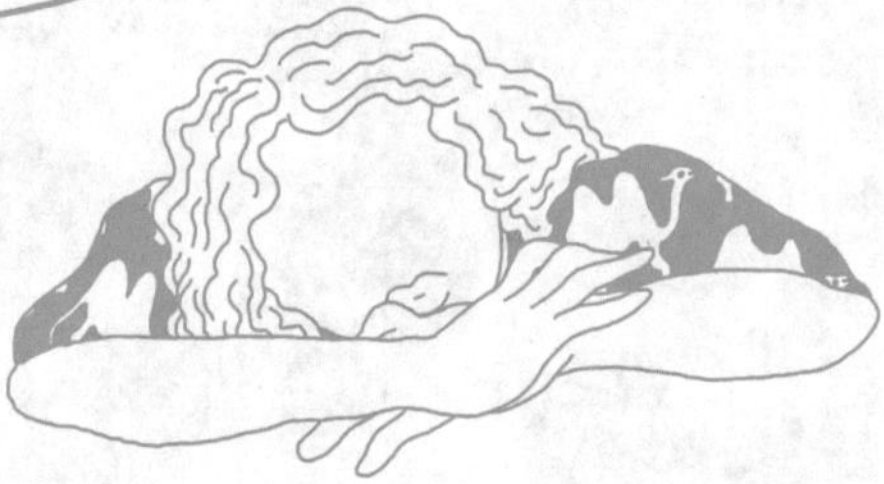

渋谷龍太

KADOKAWA

目次

題字　渋谷龍太
装画　オートモアイ
装丁　名久井直子

都会のラクダ

渋谷龍太

努力は人を裏切らないし、夢は絶対叶うなんてことを言いたいんじゃない。
努力は人を裏切るし、夢は叶わないことだってある。
そんな現実で出会えたんだから、裏切りたくないし、叶えてみせたいと思うのだ。

第1章　結成

1

それは晴れていたような気もするし、曇っていたような気もする。雨だったのではないかと問われれば、そうだったかもしれないと答えるだろう。

朝食時にごはんをよそったお茶碗が真ん中からパカッと割れることもなければ、玄関で足を突っ込んだ途端スニーカーの靴ひもがブツッと切れるといったような虫の知らせじみたこともなかった。

即ち、いつもの、なんでもない一日だったと、そう記憶している。

何もないことが退屈であり、何もないことが平和だった、いつもの毎日の、その中の一日。

余裕を持って家を出た私は別段急ぐわけでもなく、山手線と東横線を乗り継ぎ、何故か少し遅れて学校に到着。我が家の寝心地抜群の布団から引きずるように持参した眠気に身を任せながら一限目と二限目を過ごし、ようやく覚醒し始めた三限目からはずっと、机の下の文庫本の世界に身を投じた。しかしながら春はどうにも気怠い。朗らかなのが性に合わないのだ。怠惰な昼休みになんとなく伸びを一つした。

　高校に入学してほどなく爆発的に芽生えた自我が際限なく猛スピードでぐんぐん成長を続けた結果、私の頭髪はピンク色になった。開けられるだけ開けてみようと計画半ばに頓挫している安全ピンだらけの私の両の耳には、お気に入りのごついヘッドフォン。最近話題のノイズキャンセリング機能を搭載した新型モデルだ。活字と向き合うために音楽は流していない。

　周囲の騒音をカットしてもらって過ごす凪状態の時間、帰り道どっかで道草でもくってこうかなアなんて思考だけが読書の邪魔をしていたり、していなかったり。

　このいつものなんでもない昼休みに「渋谷」と私の名前を呼んだのが、同じクラスの上杉研太、彼であった。

「バンドやるんだけど、ちょっと歌ってみない?」

　装着した人にとって有益な情報は、それ即ちノイズではないわけであるからして、この後バンドマンとして歩んでいくことになるかもしれない私にとって、それはキャンセルされてしまっては困るものである。持ち主の未来に寄り添えないようでは、ハイテクと謳《うた》った機能も大したことはないのかもしれない。

「あの、なんて?」私は言った。

「バンドやるんだけど、ちょっと歌ってみない?」

　バンドヤルンダケドチョットウタッテミナイ、と反芻《はんすう》しながら一生懸命考えてみたが、なかなかに概要が読めなかった。彼が私を勧誘しているということはどうにか理解出来たが、人前で歌を歌ったことなどなかった私を、一体どういう風の吹き回しで誘ってくれているのかわからなかった。そしてそもそも、上杉は既に校内で一つバンドを組んでいたのだ。

「上杉、チョップスティックスやってんじゃん」

そうなんだけどね、と上杉。話を聞いてみると、どうやら軽音部のトレンドは掛け持ちをすることらしく、みんなそれぞれに別のバンドを組みはじめているんだとか。だから彼もその波に乗っかり、もう一つバンドを立ち上げようと発起したという。

私に愛人体質があることを知ってか知らでか（私も知らない）、上杉は二番目のバンドのボーカルとして私を迎え入れようとしているようだ。まア一番目でも二番目でも、愛してくれれば大丈夫。

「側室、か」

「何？」

「なんでもない」

私は音楽が好きだった。幼い時分から家ではディープ・パープルや、レッド・ツェッペリン、ブラック・サバスが流れていて、小学校に上がる頃にはたいていの曲のギターソロは口笛で再現出来た。小学校三年生でオフコースの絹のような音楽に雷的な衝撃を受けた龍太少年は、そこから音楽をディグりはじめ、自分でいくつもミックステープを作るようになった。中学、高校とその勢いは増すばかりで、自作のテープとＭＤは百本をゆうに超えていた。

　しかし音楽はあくまで聴くもの、そして観に行くものであって、自らがやりたいなんてことは露ほどにも思ったことはなかったから、快諾するには些《いささ》か躊躇《ちゅうちょ》をした。

「どう？」

　そう訊く目の前の上杉も実は同じクラスというだけで、普段一緒に遊んだりするような仲ではなかった。朝挨拶したり、休み時間にちょっと喋ったり、帰るタイミングがたまたま合えばなんとなく一緒に帰ったりする程度の間柄だったから、なぜ私なのかというのもどうにも解せなくて、やはり即答出来ないでいた。

　そしてもう一つ。私はハンドボール部のキャプテンであったのだ。彼の誘いを受けるということは軽音部に入部することを意味する。自らの部のためにありとあらゆる時間を使い、自らの部のために運動以外でも汗を流し、自らの部のために人生を賭《と》すのがキャプテンというものだろう。そのキャプテンが兼部なんて。ましてやキャプテンの兼部先がチャラチャラしたあの軽音部だなんて言語道断だ。さらにこの軽音部、所属している奴らは自らを軽音部って名乗っているが正式には〝フォークソング部〟という。絶対にフォークソング部とは呼んでくれるな、という気配を滲ませて周囲に気を遣ってもらってるあたりがどうにもいかしてない。

「んん」

　返事に窮する私であったが、愛人に落ち着く素質はおそらくあるので口説き文句によってはコロッといかないでもない。例えば、「お前のスター性に惚れたんだ」や、「お前のかっこよさには実は毎日驚いていたんだ」、「お前のこと昨日までキムタクだと思ってたんだ」など。

こちらは悩んでいるのだから甘い言葉で口説いてみさらせ、と賛美を待つ私。休み時間終わるから早く返事をしてくれよ、と待つ上杉。

ただ待つ二人の間で不毛に流れる時間は、教室で異彩を放っていた。

「どう？　やる？」

おい、催促かよ。散々っぱら待って結局はせきたてられた私の気落ちはなかなかのものであった。しかしこれ以上悩んだり、もじもじしたりするよりも、会話のテンポを鑑《かんが》みるにｙｅｓと答えた方が男前だ。

文庫本にスピンを噛ませ、「じゃア、やる」となんとなく答えた。これが、始まり。

あっけなくもあり、至極単純、必要以上にドラマを孕《はら》んでいないそんな物事から、大切なものはいつも始まるのかもしれない。

いつもの毎日の、その中の一日に、昼休みの終わりを告げるチャイムがいつも通り鳴った。

2

軽率な返事をした翌日の昼休み、冷静になった私は詳細を仰いだ。

上杉曰く、バンド名すら決まっていないその側室バンドプロジェクトは、私が加わってようやくメンバーが揃ったという状況にあるらしい。オンユアマークがコールされたあたり。

聞くところによるとなんでも、ギターを担当するのは一つ下の後輩くんらしい。同い年でもギターを弾ける奴はごまんといるのに、なぜわざわざ後輩くんなのかと訊ねれば、なにやらフォークソング部、あ、失礼、軽音部の中でも群を抜いてうまいという。自分で作曲したりしてすげエんだ、とのこと。今日の放課後に紹介してくれるという話になった。

五限、六限はいつも通り文庫本の世界で有意義に過ごして放課後を待った。勤勉な学徒の鑑《かがみ》だ、サインより宮本輝、コサインより浅田次郎、タンジェントより花村萬月なのだから。点pの動きを追ってられる程、私は暇ではない。

「こんにちは」

「はい、こんにちは」

あア、言われりゃ、なんとなく見たことあるような。ないような。

「柳沢亮太といいます、よろしくお願いします」

この柳沢某がギターを担当するようだ。それぞれの放課後へ向かう人の波を避けるように、我々は廊下の隅。厳かに初めましての儀が執り行われていた。

しかし折角時間を設けて頂いておいて失礼な話だが、私の注意は、隣のクラスからあみちゃんがまだ出てきていないということのみに向けられていた。

本日は水曜日。私としたことが女子バレー部の練習がある日だということをすっかり失念してしまっていた。いつも真面目なあみちゃんは定時少し前にこの廊下を通って体育館へ向かうはずだ。「練習頑張ってね」の一言を掛けられなければ今日私が学校に来た意味など皆無である。これからバンドが始動しようが、彼のギターが素晴らしかろうが、女子バレー部の練習がある日だと思い出してしまった以上、そこに割いている時間なんてない。今一番大事なことが何なのか私は知っている。決戦は水曜日なのだ。

あみちゃんが教室から出てきたらまずは私という存在を認識させることから始める。それから体育館へ急ぐ彼女が目の前を通るその刹那、ごく自然に、右足の次に左足が出るように、「練習頑張ってね」と肩の力を抜いて言いたい。プレッシャーにならないような落ち着いた声色で。

「渋谷先輩はどんな音楽が好きなんですか？」

「うん、そうだね」

「渋谷先輩はバンド組んだりしてたことがあるんですか？」

「ヘエ、そうなんだ」

まじであんまり話し掛けないでくれ、注意力が散漫になる。あみちゃんに声を掛けることに成功したあかつきには、その後の私の時間なんぞいくらでもくれてやる。少しだけ気が散って動揺してしまったその時、柳沢某の背後で教室から出てくるあみちゃんの姿を発見。タイミングは最悪だ。それに今日のあみちゃんはなぜか駆け足であった。何に急いでいるのか知る由はないが、間も無く訪れる一瞬のチャンスを、私は棒に振るわけにはいかない。

「早速、音合わせてみますか」

「うん」

とりあえず返事はしてあげたが、柳沢というこの男、人の機微を読み取る力が著しく欠如しているようだ。この手の人間は社会に出たときに思わぬ苦労をするタイプだ。あとこういう人種は決まって電話口の声がでかい。

「渋谷先輩、何曜日が空いてますか」

「うん」

「渋谷先輩」

「うん」

「あの」

「うん」

「どうしたんすか?」

「うるせエよ馬鹿野郎」

遂に私のピストルが火を吹いたその刹那、チャンスの女神は短い後ろ髪を涼しげに揺らして通り過ぎて行った。

いたいけな私は目で追いかけることしかできない。あみちゃんの背中が小さくなって、やがて人の波に消えた。マッチの火がゆっくり消え入るのに似ていた。

罵声を浴びせられてその場で立ち竦《すく》む柳沢と、それをフォローしてあげている上杉。どうして私が突然激昂《げきこう》したのか、どうして私が左足ばかりに重心を置いて気怠そうなポーズで格好つけていたのか、どうして決戦が金曜日でないのか。目の前の二人にはわかるまい。

少し気が多い私なりにあみちゃんのことが好きであることなど、この二人には到底わかるまいよ。

「これからバンドメンバーになるわけだから、先輩後輩っていうの、気にしないでいいよ」

視線を戻して柳沢を睨む私を無視して、上杉が言った。人の恋路を邪魔するような馬鹿者に易々と先輩後輩の垣根を越えられてたまるか、という思いこそあったが、チマチマしたところばかりを気にしていると器の大きさを測られてしまうと思ったので、何も言わないでおいた。

恭《うやうや》しく謙遜した柳沢は、「そんな、いきなりは無理っすよ」と、大袈裟に謙遜した。

そりゃそうだろう。人の千載一遇の機会を奪っておいて尚、なんの遠慮もせずにパーソナルスペースに入ってくるような奴は少し頭がおかしい。

「そうしないとさ、バンドもやりづらいでしょ」上杉が言った。

「わかりました」柳沢はあっさりと受け入れた。

心遣いは謙遜しながらも三度目くらいで申し訳なさそうに、渋々折れるように受け入れるという定説を平然とぶっ壊せるあたり、やはり彼は少し頭がおかしいようだ。

「じゃア」柳沢は私を指さして言った。「ぶーやんで」

しぶやの「ぶ」から派生させたらしいそのあだ名に、どこ切り取ってんだこいつ、と心底思った。しかしながら今まで生きてきてあだ名らしいあだ名がついたことがなかった自分に、定着するニックネームなどありはしないと思っていたので、何でもどうぞ、と応えた。

とりあえず顔合わせは済んだので、この日はこれにてお開き。帰る支度を済ませてヘッドフォンを装着した。

下駄箱から校門までの間にあみちゃんが汗を流しているであろう体育館がある。後ろ髪を引かれたが、今から何が出来るわけでもないので諦めて学校を後にした。

自らの機嫌を取るために寄り道したディスクユニオン新宿パンクマーケット。古い匂いのするエレベーターの扉が開くのと同時に、ハンドボール部キャプテン兼部長は自分も部活があったことを思い出す。

やばい、と思いながらも、とりあえず友達に教えてもらったSEVENTEENのＬＰを購入。やばいなア、と思いながら家路に就く。

3

どうしても両目をつむってしまう。

お、うまくいったかもしれない。

希望を携《たずさ》え覗いた鏡の中に、顔の左半分を大いに散らかした自分と、その後ろで心配そうに様子をうかがう母ちゃんが見えた。決まりが悪くなり逃げるように家を飛び出す。今後ウインクの練習を家でするのは控えることにしよう。

さて、テストが近い。放課後に仲のいいのが集まって、勉強とは名ばかりにワイワイする毎日が続いていた。もちろんそこにあみちゃんもいる。

これ以上に甘酸っぱい時間はこの先やってくることがないかもしれない。ただし青春とは輝きを濫用することに意義があり、何も知らないが故のスピード感に身を委ねてこそ真価を発揮するものである、と。誰が言ったか言わなかったか。まア言わなかったのだがそれは置いておいて。その濫用する輝きでアクセル全開の貴重な毎日を、そんなに貴重とも思わず生きていた。そんな私は本日、「しぶやア消しゴム貸して?・」ってあみちゃんに首を傾《かし》げられただけでデレデレしてしまう現状を打破すべく、あの仲のいい集団から抜け出し、通学路にあるパン屋さんの二階で二人っきりで勉強したいと考えていた。

ただただ放課後を待つ。

六限目の終了を告げるチャイムが鳴ると同時にゆっくり立ち上がった私に、仲のいいのが声を掛けてくる。そいつらの胸に広辞苑を押しつけて、「デリカシーという言葉を引いておけ」と一蹴。テストには出ないが、後の人生の加点になる事必至。教室を出る。

隣の教室の扉を勢いよく開けると脇目も振らずに歩みを進めた。途中で声を掛けてくる奴らに先程と同じ要領で広辞苑を次々に押しつけ、窓際の席まで到着。

教科書を鞄にしまっていたあみちゃんが、目の前に立ちはだかる私を見上げる。

「一緒に勉強しようぜ」

一本集中、そこで気合を込めたウインクを炸裂させた。

うまくいった。

もう片方の目も薄らつむってしまったかもしれないが顔面は散らからなかったはずだ。努力が人を裏切らないと言い切ることは難しいがしかし、遂行すると決め込んだ男にとって費やしてきた時間以上の後ろ盾はなかった。彼女の心の真ん中を深く抉《えぐ》った手応えはあったがリスクヘッジは必要だ、ダメ押しでもう一発炸裂させておいた。顎を一直線に打ち抜き、腰から崩れ落ちた相手にすぐさま覆いかぶさり、追撃の鉄槌をお見舞いするエメリヤーエンコ・ヒョードルの心持ちだった。

「しぶや」上目遣いで可愛さ三割増の彼女が私に言った。

「何？」

「目痛いの？」

びっくりした。微塵もダメージがない。そしてあれだけ練習したのにウインクだと認識すらされていない。やっぱり努力は平然と人を裏切ることもあるのだ。肝に銘じて生きていこう。

彼女は平然として、逆に攻撃を仕掛けてきた相手の身体を気に掛けている。十数年生きてきた中で初めて覚えた類の絶望に、対極のニュートラルコーナーでこちらを睨むロッキーに怯えながら「奴は人間じゃない、まるで鉄だ」と洩らしたドラゴの心持ちだった。

呆然と二の句が継げない私を見て、あみちゃんは教科書をしまい終えた鞄をやおら開け、ゴソゴソと何かを取り出すと私に差し出した。

「はい」目薬だった。「目、痛いんでしょ？」

もうこうなったら作戦を大きく変更して自棄を起こすことにする。度量が違う相手にそもそも計画を立てること自体無駄だったのかもしれない、と反省しながら私はそっとたがを外した。

「あ、痛い、いたたたた、あ痛ア――――」

見得を切った後に大声を出した私は、小学生が見ても芝居とわかるくらい大袈裟に倒れ込んだ。あとは野となれ山となれ、という心情、近松門左衛門先生はこの言葉を生み出すにあたり、それまでどんな人生を送っていらしたんでしょうか。そんなことを思いながら床を転がった。

結果、あみちゃんが真に受けたのをいいことに茶番を続け、優しさにつけ込んで目薬まで注《さ》してもらい、その惰性でパン屋に彼女を連れ込み、その勢いで猛勉強した。見事な着地、綺麗なテレマークは余裕のK点越え。

果たして、彼女が優しかったのか、それとも少しお馬鹿だったのか。この二択がテストに出なくてよかった。

それはさておき。

「いいドラム叩く奴、知ってますよ」

何そのセリフ。一周回ってダサい。校門前のガードレールに腰掛け、私が出てくるのを待っていた様子の柳沢何某《なにがし》。数日前に名前を覚えたばかりの彼は、下校しようとする私を引き止めてそう言った。

「紹介、しましょうか」

「え、あ、はい」

どういうわけか少し流し目だし設定もよくわからず怖かったので、とりあえず紹介してもらうことにして解放してもらった。

数日後、早速彼らの地元の自由が丘で、厳かに初めましての儀が執り行われることになった。


「やなぎの幼馴染です」

「……」

「十七歳です」

「……」

「藤原広明と言います」

「……」

「よろしくお願いします」

「……」

どの角度から見ても年上だ。ヒゲまで生えている。ご年配と言ってしまったら言葉が悪いのかもしれないが、少なくとも私より二回りは年上であることは間違いない。

悪い冗談もここまでくると怒りを通り越してフルフラット。柳沢の連れてきた下がり眉毛の男は朗々と我々に挨拶をした。

そもそも冗談というものは一種のリアリティがあってこそ成り立つものであり、リアルとの間にある若干の差異に笑いが生まれる、そういうもんだ。だから幼馴染と宣《のたま》っておじさんを連れてきたところで何も面白くない。現実味が欠損した冗談はじゃがいもの入っていない肉じゃがと同じだ。

とりあえず出落ちにもならなかったこの男には早々にお引き取りを願いたかった。柳沢の冗談に付き合わされて尚且つ、訳もわからずすべらされているのだからこちらとしては見るに堪えない。そして先日のテストが散々な結果であったために、今日の私は若干虫の居処が悪かった。

「帰っていただけますか?」

私がそう言うと、男の八の字眉毛がさらに下がった。柳沢が間を取り持ち、とりあえずスタジオに向かう事になったが、不毛な時間だと、私はそう思っていた。

到着すると自称・藤原という男は、十七歳という設定を完全無視して職人の背中でセッティングを始めた。

「幼馴染なんですよ、こいつ」

柳沢が聞かれてもいないのに言った。まだ続けるのかと思いうんざりしていると、セッティングをしながら藤原という男が私に話し掛けてきた。

「渋谷先輩はどんな音楽聴くんですか」

「その先輩っていうのやめてもらえますか」

「いや、先輩なんで、つい」

「そういうの、今いらないですから」私は大袈裟にため息を吐いた。

「あの、でも」

「面白くないんで。やるなら早くしてください」

八の字眉毛の末尾がまた下がった。八を通り越して11みたいだった。

セッティングを終えドラムを叩くと、とっても上手だった。

音の良し悪しなどまるでわからない私であったが、軽音部（フォークソング部）のやつが叩くドラムとはまるで違った。スネアの音がパアンなのだ。パンではなくパアン。年の功なのだろうか、うるさいだけではない迫力があった。

「ヘエ、すごいな」

思わず口をついて出たその言葉を聞いて、柳沢は訊かれてもいないのにまた言った。

「幼馴染なんですよ、こいつ」

「はいはい」

私は面倒くさくなって、とりあえず応えた。

上杉がベースをアンプに繋いで、一音出してつまみをいじる。その後ろ姿は格好良かった。べーんと下半身に響くような音が空気を揺らした。

柳沢もギターを繋ぎおもむろに鳴らす。聞いたことのあるギターソロを難なく弾きこなす彼は、素人目にはプロにしか見えなかった。

藤原さんはパアン。ずっとパアン。

「さて、合わせてみましょうか」

上杉がそう言うと三人は中央に向き直った。私もおずおずとそれに倣った。

せーの、で。一気に音が鳴った。

正直、私は感動した。これってなんかすごいことしているんじゃないの、って思った。理屈ではない昂奮《こうふん》があったのだ。説明の出来ない期待で心が沸き上がるのを感じた。

これがバンドで、しかも私はこの真ん中に立つのだ。まじすげエ。

「すごい！」

マイクに向かって叫ぶ。ミキサーのボリュームがゼロなので声は全く出ない。

「ねエ！　私の声聞こえなくない？」

すぐかき消される声に私はゲラゲラ笑った。

スタジオの中は爆音で、あみちゃんのこととか、テストの結果とか、藤原さんの年齢とか、そんな類のものが吹っ飛んだ。どうでもいいとか、なんとかなる、とかそういう責任感を欠いたものではなくて、勇気に近いものだと思う。これがあれば、と力が漲《みなぎ》る感覚だった。

誰かが鳴らすスタートの合図なんて聞こえなかったが、我々は勝手に走り出した。

何が楽しかったのか、それはわからない。でもとにかく、この時のこの感覚が、うまく説明出来る類のものでなくて本当に嬉しかった。

第2章　バンド名

朝が苦手だ。一度起き上がってしまえばすぐにシャキシャキ動けるたちなのだが、この、まず起き上がるという行為が何よりも難しい。

スルー前提でかけた一つ目の目覚まし時計を反射的に止めたのも束の間、二つ目の目覚まし時計にしっかり二度寝を妨げられる。求められた仕事をしっかりこなし、その結果憎まれるなんて実に報われない性分だと思うがやはり、朝の目覚まし時計ほど忌々しいものはない。呻きながら二つ目の目覚まし時計に手を掛ける。

半分しか開かない目で天井を眺める。今日は休みなのに勘違いして起きちゃったなんてことないか、と一度疑ってみるが、寝ぼけた頭でも今日が平日だということは簡単にわかった。

本日も孤軍奮闘、眠い目を擦《こす》ってなんとか布団から上半身を起こす。一日で一番の苦行はこれでクリア。

リビングに行くと、既にご飯と味噌汁が湯気を立てていた。ゆらゆらと立ち上るそれを仏頂面でしばらく眺め、メリハリのない動きで機械的にお茶を飲む。朝ごはんを用意して頂けるありがたさに気付けていない人間しか出来ぬ所業。

テレビでは朝のニュース番組が芸能人同士の結婚を報道していた。本日も、結局平和だ。横目で見ながら箸を取る。目の前の料理に目を向け、手を合わせる。

「いただきます」

我が家は、勉強しなさい、を言わないかわりに挨拶と筋に関しては厳格な家だったと思う。

なにもそこまで、と思っていた時期もあったが、この歳になってみて大切さに気が付く場面が増えた。何か出来る人間にならずとも、これが出来ない人間になりたくないと思う。ごちそうさまでした、と手を合わせる。

制服に着替え、鏡の前に立つ。手に延ばしたワックスでピンク色の髪の毛をわしゃっとやる。今流行の無造作ヘアとかいうやつは念入りに造作が必要なのだ。手間がかかるのにわざわざそうでないように見せるのは美徳なのであろうか果たして。心にそれが引っ掛かる私の指は、傷みきった髪の毛に何度も引っ掛かる。

かかとの潰れたローファーを突っ掛け家を出た。前かごに鞄を放り込み跨《また》がったママチャリは、ひとたび漕ぎ出すとタイヤの空気が抜け切っていてガタガタいった。顔馴染みになってきた新大久保の駐輪場のおじさんと一言二言交わしている間に、乗るはずだった電車は出発してしまったようで、仕方なく次の電車に乗り込む。

渋谷で乗り換え祐天寺。駅から学校までの道のり、傍《かたわ》らに健気に咲いている小さな花をゆっくり愛でて、電線に止まっているいつもの小鳥達に数曲リクエストしてしばしハミングしていたら案の定遅刻。席に着いたら持参した眠気をそっと取り出して、いつものようにうとうとして過ごした。

気が付いたら五限目も終わりかけていた。

そんなこんなであっという間に放課後である。

誰が切った口火か定かではない。先週ようやくメンバーが揃ったばかりの若いバンドが、自由が丘のスタジオで顔を揃えていた。

「バンド名、どうする」

しかし自分たちに名前を付けるというのは、よく考えると妙な話である。活動する過程で第三者である誰かから発信された呼び名が少しずつ流布して浸透していくのであれば自然だが、自らが進んで付けた名前を人様にも呼ばせるなんて、よく考えると少し厚かましい。「名前？別にないけど。ん？　ヘエ、そうなんだ。俺らそんな風に呼ばれてるんだ。あっそ、好きにすればいいじゃん」ぐらいのスタンスだったら本当はかっこいい。

私は渋谷龍太としてこのように生きてきたが、バンドをやっていなくても、髪がピンクでなくても、仲間が一人もいなくても渋谷龍太だ。成功しようと、堕落しようと、愛されようと、嫌われようと渋谷龍太である。本質は変わらない。

だから所詮、記号的なものなのだ。それ以上もなければ以下もない。

でも、どういうわけだか両親が授けてくれたことから始まり、大切だったり好きだったりする人が、自分を呼ぶためだけに存在し続けているこの記号は尊い。誰が呼ぶかによって、その人、あるいは物でもいいのだが、感じることが全く異なるというのは、個人を大きく意味しているように思う。

私が呼ぶ名前には、私しか乗せようのない想いと時間と景色と温度があり、私が名前を呼ばれる時にも同じことが言える。

人間とは不思議な生き物だ。

腕組みをして一人で思考を巡らせていると、ハッとした。昨日出来過ぎたタイミングで繰り広げられた会話を思い出したのだ。


それは昨日の授業と授業の合間の出来事である。隣の席に座る内山という変な男にバンドをやることを話したところ少し盛り上がった。

「バンド名決まったの?」内山は訊いた。

「バンド名か」私はそういえば、と小さく首をひねった。

その様子を見た内山は迷う様子もなく、これ以上ないアイデアを授けてくれたのだった。それを聞いたときまず扇情的で革新的だと思った。そして洗練されていて且つ、象徴的であることに思わず唸ってしまった。

変な男とばかり思っていたが、少し見直すところがあるのかもしれない。この先何か困ったことがあったらまず彼に相談してみようとまで思った程だ。

何かが起きる時の気配に、私の身体が震えた。

その翌日、まさかバンド名について話し合う事になろうとは。偶然にしては出来すぎたこのタイミングに正直驚いた。私は運命論者ではないのだが、天命がそうさせたとしか思えなくなっていた。

「誰か、いいアイデアない？」

誰かが言った。言ったのは誰かだが今の台詞は間違いなく私に向けられたものだった。滞りなく、あとは導かれるままにただ身を任せればそれでいいのだ。

とびきりを自覚して披露する時、どうしてこうも人は高揚するのだろう。我々のこれからの歴史の一頁よりも前、それは表紙を飾る名前だ。刻み込むその手応えを想像してひどく昂奮《こうふん》した。

さア、言うぞ。

上気した顔をゆっくりと上げた。

「バンド名は」

私は三人に向けて声高らかに言った。

「バンド名はね、〈画鋲〉がいいと思う」

言葉が澄んで響いた。目の前の三人の心の一番深いところまで届いた実感があった。そして届いたのが言葉ではなく気持ちだと感覚的にわかった。端的にこの時の感情を表現するのならばただただ気持ちが良かった。

「どうだろう！」

称賛されるのを待っているこの時間、私は心の中で内山に頭《こうべ》を垂れた。あなたのおかげで今日から俺たちは〈画鋲〉です。ダイヤスカーフ黒表紙金文字押しです。

柳沢が言った。「画鋲は、うウん。どうなんだろうね」

上杉が言った。「画鋲は、そうだね。どうなんだろう」

藤原が言った。「画鋲は、なんだろ。どうなのかねエ」

却下だった。

予想していなかった。

なんだか形容し難い気持ちだが、美味しいから食べて、と買ってきたお土産に誰も手をつけなかった時の感じと似ている。

「それは嫌だ」とかはっきり退けられるのではなくて、「どうなんだろう」と少し気を遣われている分余計に恥ずかしかった。議論にすら発展しない変なアイデア押し付けやがった内山を心の底から恨めしく思った。

よく考えれば彼は場を掌握できないため教室の空気を凍りつかせるような発言を大声でするような男だし、面白い事を言いますよ、って顔してつまらない事を平然と言ってのける男だ。女の子に悲鳴を上げさせるようなこともちょくちょくしていたし、それで悦に入っているような様子もうかがえた。

明日は反省会だ。妙な提案をした男と、その男を信じた男の反省会。


おかげでバンド名会議はそこからしばらく平行線。誰にもこれといった明確な意思もなく、それなら〈画鋲〉でいいんじゃね的な流れが見え始めた頃、なんの前触れもなく柳沢が口を開いた。

「あ！」

人ってこんなにわかりやすく「あ！」って言うんだ、と私が驚いたことはさておき、停滞した空気にひびが入り、一抹の緊張感が走った。

先程の一件で興醒《きょうざ》めしてしまい、何かに使うかもしれないと用意した裏紙で紙ヒコーキを作り始めていたのだが、そんなことをしている場合ではないようだった。なぜなら私には柳沢がとびきりを自覚しているように見えたからだ。静かに、しかし確実に高揚しているのがわかる。

言うぞ。

彼は上気した顔をゆっくりと上げた。

「バンド名に」

柳沢は三人に向けて声高らかに言った。

「バンド名に、ビーバーって入れたい」


ほウ。なんだろう。

すごく、中途半端だ。

迷いなくバンド名を提示するでもなく、彼は断片的な願望を我々に伝えたのだった。

嫌だというわけではない、ただ芯を食った感じもない。

しかし、私に学がないだけで実はビーバーに深い意味があったり、今は柳沢だけが持っている特別な思い入れがあるのやも知れぬ。きっとそうだ、そうでもなければあれだけ視聴率を集めてあんな提案は出来ない。私は恥を忍んで訊ねてみた。

「なんで、ビーバー?」

柳沢は恥ずかしそうに答えた。

「うん、何となく」

何となく、はこういった場面で「どうでもいい」の次に言ってはいけない言葉だし、真意の見えない照れは、問題を感情だけで解決しようとするやつのマインドくらい怖い。

「〈画鋲〉はどうだろう」

今ならいけると思い私はもう一度小さい声で提案してみたが今度は完璧に無視されたので大人しくした。

誰もが決定打を打てないまま、とりあえず画鋲とビーバーを乗せた天秤がゆるゆるとビーバーの方に傾いて話し合いは収束した。

ビーバーだけでは、ということで被せた冠はハイパーとかウルトラとかフィーバーとか多岐に及んだが、語感が一番よかったのがスーパーだった。

ゆるっと、SUPER BEAVERという名前がついた。

意味があるというのはとても大切である。しかし意味がないものに意味が出来た時、それは他には替えのきかないものになったりする。

そんなこともある、だろう。きっと。

なんかあったら変えればいいんだし、愛せるようになってきたら愛せばいいんだし、改名するなら「画鋲」って候補もあるんだし。

それじゃア、SUPER BEAVERってことで。

うす。

じゃア。

はい、また。

お疲れエ。

渋谷に向かう帰りの東急東横線。制服のポケットに手を突っ込んで、ゆるっと決まった名前を口にしてみる。

「SUPER BEAVERねエ」

思うがままにつけた名前に言い知れぬむず痒さを感じたのは、何かの予感だったのかもしれない。

第３章　初ライブ

1

他愛のない日常に、バンドという刺激的なエッセンスを一滴。それを若さという冷蔵庫で幾晩か寝かせてみますと。どういうわけだか元の形とさほど変わりのない毎日が出来上がる。

慣れはいつ何時《なんどき》でも、油断した自覚なんてなくたっていつの間にかそこに居る。初めのうちはプラスされたものとして実感出来る新しいものも、時間の経過に伴って自分にすっかり染み込んでしまう。板についてきたといえば聞こえはいいが、プラスとして凸に感じていたものが均《なら》されるということでもあるのだ。

在り方は同じでも、見え方感じ方は自覚一つで随分と変わってくるので、周りに在るものを都度見直すというのは生きていく上で大切なことなのだと思う。

と、そんなことを考えもしなかった私は、四人が集まって二ヶ月足らずで、バンドというものに慣れた気になり鼻をほじっていた。

ひと休みするバンドマンでごった返すスタジオのロビー、窓から見える景色の端で新緑が風に靡《なび》いていた。

「ライブをしてみましょう」

柳沢が言った。私は外の景色から視線を柳沢に向けた。

「なんて?」

「ライブをしてみましょう」

いやはや、まア、そうだね。その通りだ。

バンドはオンステージしてなんぼの集団である。ステージに上がったことのない身分で自身をバンドと呼ぶのは、まだ少し早かったのかもしれない。

しかしながら、やりましょうと言われてすぐに出来る類のものでもないだろう。そんな風に思っていたのがそのまま顔に出ていたのかもしれない。柳沢が私に向かって言った。

「友達にね、誘われたんです。企画するライブがあるんだけど出てみない?って」

正直なところやってみたいとは思ったのだが、バンドは結成してから一体どれくらいでオンステージするものなのか相場がわからない。結成してからオリジナル曲のみをスタジオで練習し続けてきたので、おそらく三十分ならばその曲だけでオンステージは出来るが、どうにも時期尚早な気もした。

柳沢曰く、そのイベントはどうやら友達の友達、すなわち赤の他人が企画しているらしい。

何だか眉唾だなア、と思ったが、会場がなかなか大きなキャパシティのライブハウスだということには惹かれた。初陣ならばこぢんまりしているより分不相応なくらいでかい方がいいのかもしれない。いずれむかえる初陣ならば細かいことはさておいても、とりあえず華々しく。

だんだん乗り気になってきたので、他のメンバーのこの提案に対する感触を盗み見てみた。上杉も異存はない様子だったし、藤原さんも首を小さく縦に振っていた。ちなみに藤原さんは後輩のふりをし続けるという別段面白くもない冗談を未だに継続中だった。いつまで付き合ってあげればいいのだろうか。そんなことはさておき、私も意思表示。

「やってみましょ」

これで満場一致。初ライブがここに決定した。

やると決まって漲《みなぎ》る気持ちに促され勢いよく立ち上がってみせる。たまたま目に入った壁に張り出されたフライヤー。ここに記載されている幾つものバンド名に連なって〈SUPER BEAVER〉が並ぶ。それは一体どんな気持ちだろう。どんどん人気者になって、そのうち「メジャーデビューしませんか」なんて声を掛けられたりして。

全然始まっていないなりに、とっくに始まっていたのだろう。不透明な未来に、不透明な未来だからこそ自由に描ける日々が目の前にある。想像を想像で終わらせることも、はたまた形にしてやることも出来る。おしまいや限界の片鱗すら見えない未熟さの中で、計り知れない可能性を感じていた。

何もわからないし、何も知らない。来週も来月も来年だってわからないけど、未来が不透明な限り、幾つになったって人は無敵だ。

「休憩終わり、さ、練習」
すぐ休憩したがる私は、こういう時だけ誰よりも調子がいい。

2

初陣当日の渋谷駅。自意識過剰ではあるのだが、ここに来ると新宿で生まれて新宿で育った私はビジターの心持ちでどうにも肩身が狭い。普段は落ち着かずにそわそわしてしまうのだが、この日は一端《いっぱし》の芸人を気取ってそれっぽい顔でメンバーの到着を待った。

家からそのまま池袋に向かった方が断然楽チンなのだが、初陣の地に一人で乗り込む度胸はまだなかったので渋谷駅で待ち合わせをしてもらったのだった。

程なくしてメンバー全員集合。早くもドキドキしてきた。深呼吸を一つしてから改札を潜る。

昼間という時間帯もあり、山手線の先頭車両には空席が幾つも見えた。楽器を携えた少年たちは殊更《ことさら》珍しいものではないが、いざ当事者になってみるとなんだか少し特別な存在になったように感じた。今まで生きてきた中で感じたことのない類の昂《たかぶ》りが、身体の中で小さく振動していた。今は人のまばらな車内にいる四人だが、数時間後には人でごった返したライブハウスのステージの上だ。俄《にわ》かには信じ難い。

初めての感覚に心をギーンとさせていると、電車の揺れに任せて必要以上にふらつく柳沢が目に入った。実は集合場所に現れた時から彼の様子はおかしかった。思えば言葉らしい言葉を一言も発していない。再び電車が大きく揺れると彼は不自然なくらい大きくたわんだ。足腰が弱ってきているのだろうか、座れる席があるのだからなにも我々に合わせて立っている必要はないのに。必死で吊革を握りしめながら胡乱《うろん》に視線を泳がせるその様子は、何かを隠している人間のそれに見えた。

「ねエ」私は声を掛けた。「どうしたの」

「あははは」

柳沢は笑って誤魔化せないタイプの人なんだなと悟った。

少し時間を置いて、改めて話を聞こうと柳沢の肩に手を掛けようとすると停車していた新大久保の駅でいきなり逃走を図った。すぐさま三人で取り押さえ車内に引き戻すと、それでも尚彼は大声で喚きながら逃げようともがいたので、心を鬼にして頬をはたいた。

「しっかりしろよ」

私がそう言うと彼は瞬きを繰り返して、冷静になったように見えた。念のためもう一発頬をはたくと彼はモゴモゴと我々に謝った。

「ご、ごめん」

目が大分と泳いでいたので、もう一度はたいてみた。

「もう大丈夫です、すみません」

疑わしかったのでなんとなくもう一度はたいた。

「痛い、もう痛い」

やがて柳沢は心を落ち着かせるように一度深く息を吐いて、申し訳なさそうに話し始めた。

「あのね、俺も知らなかったんだけど」

私の経験上この切り出し方をする人間は、自分に非があるのをしっかりと自覚した上で、不測の事態において自分も被害者側なのだ、ということを周囲にアピールするためにこういった言い方になる。

うららかな日差しが差し込む車内に緊張が走る。

「あの、今日ね」

いちいち空けた間に、幾つもの言い訳を生み出している様子だった。私はこの手の奴も、メールやブログで無駄に改行しまくる奴も好きではない。

いい話ではないことは最早わかっているので、せめて笑って済ませられるような程度のものであってくれと願う。やがて陽光がビルヂングに遮られて出来た大きな影に、山手線が頭から飲み込まれた瞬間、暗闇で柳沢は囁いた。

「追悼ライブらしい」

しばらく考えた。私の耳には追悼ライブと聞こえた。だがそれはおそらく聞き違いであると思う。何故ならそれは故人を偲ぶ気持ちのもとに行われるものであるからして、まず私が、「誰の?」って思ってしまっている時点で筋が通らないからだ。おそらくこの日のためにスタジオにたくさん入っていたから、私の耳は参ってしまっているのだろう。私は柳沢に、今しがた言った言葉をもう一度言ってくれるように「え?」と促した。

柳沢は言った。

「追悼ライブらしいです」

丁寧すぎるくらいに丁寧に言ったので、しっかり聞こえてしまった。聞き間違えることが出来なかった。冗談か。いや、冗談のテンションとは違う気がする。そうなってくると私が知っている追悼とは、何か別のツイトウがあるのやもしれん。

「えーと、追悼って、追悼の追に、追悼の悼」

口語で訊くのは難しい。そして私も不測の事態に動揺していたのかもしれない。動揺の動に、動揺の揺。「誰かが、亡くなったってことなのかな」

「そうです」柳沢は答えた。

「どなたが亡くなったの?」

上杉がしたこの質問で、柳沢はどこか吹っ切れてしまった様子だった。車内に響き渡る程の大声で答えた。

「知らない人」

三人は絶句した。私は絶句したまま上杉と目を合わせ、絶句したまま藤原さんと目を合わせた。何がどうしてこうなるのだろう。知らない人の追悼ライブに、いまだかつて一度もステージに立ったことのないバンドが出演する状況はどう考えても普通ではない。柳沢、柳沢の友達、柳沢の友達の友達、その誰か一人でも、今日に至るまでの間に違和感を覚えられる人間はいなかったのだろうか。

絶句する我々を見た柳沢は、場を取り繕うためか、やけくそになったのかは定かではないが大声で笑い出した。

「きひゃひゃひゃひゃ」

落ち着かせようと私は、柳沢の頬をはたいた。柳沢はそれでも笑うのをやめなかった。

記念すべき初めてのライブが、知らない人の追悼ライブ。これから始まる未曾有の惨事の幕は静かに、そしてゆっくりと上がった。

暗闇から吐き出された山手線の車内、うららかな日差しが逆に不気味だった。

「きひゃひゃひゃひゃ」

遠くの席でサラリーマンが欠伸を漏らす。私はそれが気に入らなくてもう一度柳沢をはたいた。

3

いっそ着かなきゃいいのにと思ってみたが、滞りなくものの十分足らずで池袋に到着。

こんな短時間でどうやって気持ちの整理をつけられようか。しかし事態がどうであれ、やると決めてしまったからには腹を括らなければならない。

池袋の街を気持ちを散らかしたままに歩いていると、そのうちどうにもいい具合にやけっぱちになってきてほんの少しだけ落ち着くことが出来た。馴染みの少ない池袋であったからかもしれない、勝手知ったる街であったとしたら、普段とは違う落ち着きの無い自分だけが浮き彫りになって逆に取り乱したままであったかもしらぬ。池袋という街に感謝したのと同時に、池袋のことをこっそり埼玉と呼んでいたことを心の中で謝罪した。

この辺りかしらと見回してみるとライブハウスの看板を発見。さて、いよいよ覚悟しなければ。

独特の、カビ臭い階段を我々は一列になって降りてゆく。やがて現れた重たそうな扉。緊張しながら押し開けると、そこにはバースペースが広がっていた。扉の先にはすぐに煌《きら》びやかなったフロアとステージが待っているとばかり思っていたので、どこか拍子抜けした。隣で柳沢が言った。

「おはようございます」

昼間だというのに。山手線で笑い出してからというもの瞳孔がずっと開いていたので、いよいよか、と思った。現実から少しだけ遠いところに彼は行ったのだ。少し寂しかった。

後に知ることになるのだが、ライブハウスでの挨拶は「おはようございます」で間違っていないらしい。それを知った時は、何それ、って思ったが、「お早いお着き、ご苦労様でございます」という目上目下関係なく相手を労うことの出来る素敵な言葉なのだそうだ。

私はそんなこととはつゆ知らず、隣にいるのに遠くに行ったと思《おぼ》しき柳沢の背中を摩《さす》ってやった。

バーカウンターの対面には、入り口の倍の重さがありそうな重厚な扉。おそらくその先がフロアとステージなのだろう。ベタつく床に靴底をとられながら進み、扉に付いた頑丈そうなレバーに手をかける。不安な気持ちを押し殺し、いざ、と開け放った。

まず挨拶を嚥下《えんげ》した。それが非常識だということくらい弁《わきま》えている。しかし、小声での挨拶すら憚《はばか》ってしまう空気は誰でも一度は経験したことはあるだろう。今じゃない、って、あれ。それだった。

ここが追悼ライブの会場でないとしたら、一体なんだというのだろう。小学校に入学する前の何も知らない子供でさえも察するはずだ。それくらいにもろ追悼ライブの雰囲気だった。

フロアにいる数人が押し並《な》べて下を向き、きっかけ一つで誰かが泣き出してしまいそうなギリギリの雰囲気の中、ステージでは無言の転換作業が行われていた。

「あ、やっべ」

思わず口をついたその言葉が不謹慎だとわかってはいるが、言わずにいるのは正直不可避。

その様子に完全にあてられて茫然自失の我々に、幾人かが寄越してくれた悲しい笑顔らしきものが、腹を括ったつもりでいた四人の心の芯を修復の難しいところまで粉々にしたのは言うまでもない。

4

「あの、この度はご出演いただき誠に」

主催者であろうその人は、そう言って深く頭を下げた。粉の心になった我々は一体どんな対応が正しいのかわからず、倣って頭を下げて、後はその場にただ佇んだ。やがてその人はゆっくり話し始めた。

「故人はかねてから……」

長めに続く話に妙な汗が出てきた。決して悪い事をしているわけではない。しかしこれがいい事なのかと問われたら気持ちよく頷くことは出来ない。今日という日をお膳立てした柳沢は一体どんな様子でこの挨拶を聞いているのだろうと思い視線を向けると、重圧に耐えかねて身長が60㎝くらいになっていた。

「……楽しんでいってくださいね」

ようやく終わった。頭を下げて、主催者の背中を見送ると一気に身体の力が抜けてその場にしゃがみ込んでしまった。なかなかにハードな時間だった。気持ちを伝えようとしてくださっていることはわかるのだが、そのスタンス以外のことがまるでわからない。故人に対する想い、故人とのエピソード、何を聞かされても何一つとしてピンとこない。それはそうなのだ。我々は故人を、そして故人は我々を知らないのだから。

くさくさした気持ちで迎えた人生初めてのリハーサル。ただ気持ちをしっかり立て直さねばならない。なぜなら我々は落ち込みに来たわけではなく音楽をやりにきたのだ。そして二度来ることのない初めてのステージときている。心の芯は粉々だが、まだ括れる腹はある。

私はステージに上がり、自分の頬を挟むようにバシンとやった。

「スネアください、はい、キックください、はいシンバルください」

藤原さんに向かってPAの方が言った。そんなにあげたら何も残らないじゃないか、と思ったが、それぞれの単音をくださいということのようだ。要求に応えて藤原さんがドラムを叩く。同じ要領でベースのチェック。フォークソング部、あ、軽音部のライブで慣れているのだろう、上杉も滞りなくリハーサルを進める。きっとチョップスティックスのライブでもこんな感じなんだろうなア、と思った途端、芸能人のプライベートを覗き見したような気持ちになって嬉しくなった。

お次は柳沢。一発目のジャーンで、こいつミュージシャンかよ、と思った。やはりスタジオで鳴らす音とは訳が違う。私は明らかに感動していたのだが、それを悟られた場合、柳沢がひどく調子に乗る様子が想像出来たので、吹きたくもない口笛を吹いて誤魔化した。

そしてボーカルチェック。私の番だ。

「はい、声ください」

PAさんが言った。

知ってるぞ、音をくれという意味だ。

でも、待って、やばい、なんかこれ恥ずかしい。急に歌うのも妙な感じだし、かといって話したのでは音をチェックしてる意味がないし、とか過剰に考え行動を逡巡していると冷めた様子で待つPAの方の姿が目に入った。とにかくなんでもいいから声を出さなければ。

「あ、あアあ、あア」

探るように出した声は盛りのついた猫が出すような旋律で、いたたまれない気持ちになった。

「それじゃ全体でくださアい」

その言葉を合図に、バンドはジャムをするように演奏をした。スタジオの空気を思い出し、次第に妙な強張りが解けていくのがわかった。限られた時間ではあるが、今日演奏する曲を立て続けにワンコーラスずつ、丁寧に確認した。

こんな形で迎えた今日であるが、もしかしたら本番はいいステージになるかもしれない、と淡い期待を抱いて終えることが出来たリハーサル。本日我々は初陣に相応しくトップバッターなのでバンドセットをそのままにステージを降りた。どこの馬の骨かもわからないバンドをよくもまア一番目に置いたなアと思ったのだが、どこにおいても馬の骨は馬の骨には変わりがない。とりあえず、やることをやってやる、それに尽きる。高鳴る気持ちに、楽屋の扉を開ける手にも力が入った。

しかし、いざ開けた扉の先で見たのは、ここが追悼ライブの会場の楽屋でないとしたら、一体なんの楽屋なのだろうといった様子の室内。私はコンマ一秒足らずで部屋の扉を閉めた。

「どうしたの?」

藤原さんが私に訊いた。彼の肩越しに柳沢も上杉も訝《いぶか》しげな表情を浮かべた。

私は黙って首を横に振った。察しのいいメンバーは、それ以上何も訊かなかった。

5

水槽の水を替えるように徐々に身体を慣らしながら、三十分くらい掛けて楽屋に入った。既にリハーサルを終えた他の出演者たちが楽屋でそれぞれに話をしていた。至極真っ当に彼らは我々を「誰だろう」と思っていたのだろうし、不本意ながら我々は彼らを「誰だろう」と思っていた。

楽屋の扉が少し開いてスタッフの方が顔を覗かせた。

「オンタイムでスタートします」

その声にハッとして壁にかけられた時計を見上げると、本番まで五分を切っていた。ろくすっぽ準備も出来ていない。楽屋に入るのに手こずり過ぎたのが大変に悔やまれた。いよいよ出番だ。ヒットで送るランナーもいなければ、スクイズでホームに帰すランナーもいない。犠牲フライも、押し出しもない状況で、点を取りたくばホームランの一択。それがトップバッター。

場違いは百も承知の上でそれでも、初めてのオンステージを華々しく飾りたいと思った。純粋な気持ちなのだ、バチは当たるまい。覚悟を決めて立ち上がる。

この日のためにたくさんスタジオに入った。時にはマイクの音が出ないことに理不尽に怒り、時にはあみちゃんに会いに行っちゃってスタジオに遅刻し、時には練習があることを忘れて真っ直ぐ帰ってしまった日々が次々とフラッシュバックした。

回想している間にBGMが落ちていった。そして、照明が落ちた。

暗くなった会場のステージ袖、メンバーそれぞれと握手を交わす。こんな状況ではあったが、メンバーはそれぞれにいい顔をしていた。いざ。

ステージに踏み出すその一歩は、SUPER BEAVERとしての第一歩だった。登場と同時にステージの明かりが一斉に灯った。

眩い照明の中に踏み出した途端、まずは馬鹿でかい拍手に気圧《けお》された。初めてのステージだというのにこの熱量は一体。我々に投げ掛けられたのは肌を震わすような割れんばかりの声援で、フロアに設置された柵から身を乗り出して待ち構えるたくさんの人の姿が私の目に飛び込んできた。

「嘘だろ」

思わず馬鹿みたいな言葉を漏らした。立ち尽くす私の肩を誰かが軽く叩いた。振り向くと上杉が軽く笑ってフロントに置かれているマイクを指さしていた。スポットライトの中央、スタンドに凛と収まったマイクが鈍く光って私を待っていた。小さく息を吐いて気持ちを整えると、ピリッとした緊張感が身体中を巡った。

メンバーがドラムの前に集合する。顔を見合わせ、呼吸を合わせる。水を打ったような一瞬の静寂に張り詰める空気。深く息を吸い込んで、全員の集中が最も高くなったその刹那、藤原さんのスティックカウントをきっかけに、我々のライブがスタートしたのだった。

などということはない。

バンドというものを題材にした様々な物語は往々にして煌びやかに描かれているが、そのほとんどが偶像である。初めてのライブにお客さんなんていないし、知らないバンドの知らない曲でフロアが沸くこともまずない。腕組みしながら「ふウん、彼らいいじゃん」なんてひとりごちる業界人も居ないし、軽くリハーサルをやっただけで照明がバッチリ合うなんてこともないのだ。

現実の世界は、というと。まず初めに、我々を待ち受けていたのは一周回って心地よく感じるほどの静寂であった。お客さんはおそらく十五人くらいだろうか、フロアが広いが故に苦しい。

「嘘だろ」

思わず馬鹿みたいに漏らした言葉は思ったより大きく、フロアにまでちゃんと聞こえてしまった。立ち尽くす私の肩を誰かが強く叩いた。振り向くと上杉が余裕のないそぶりでフロントに置かれているマイクを指さしていた。慌ててマイクを掴むとヒィーンという甲高い音が鳴り、無様に焦った。

あたふたとドラムの前に集合する。呼吸を合わせるという概念は皆無、そもそも目も合わない。なかなか始まらない演奏に不穏な空気。一旦落ち着かなければと深く息を吸い込んだ刹那、不意にスティックカウントが響き、え、今？　となし崩し的に、我々のライブはだらだらと始まったのだった。

ただでさえ粛々《しゅくしゅく》とした空気であるのに出端から躓《つまず》いた。温かな笑いも、嘲笑の類もなかった。妙な汗が背中を伝う。一人では抱えきれない不安に、縋《すが》るようにメンバーを見ると。

上杉は必死過ぎて指板しか見ていない。

柳沢は60㎝の身体のまま開いた瞳孔でギターを必死で鳴らしている。

藤原さんは変わらずおじさん。

あたふたしているうちに絶望的なクオリティで一曲目が終了。もうこの時点で体力と精神力はレッドゲージ。この場から逃げ出したい気持ちから、脚は絶え間なく震えていた。

まだ挨拶をしていなかったことに思い当たり、何はともあれ一先ず挨拶をしなければと急いでマイクを口に当てた。

「えエと、聞こえますか」

聞こえているに決まっているじゃないか。私はバツが悪くなって頭を掻いた。

人は窮地に立たされていると、このように当たり障りのないことから始めようとする。コミュニケーションという形式をとっているだけで全く意味が無いどころか、当たり障りのない投げ掛けに対処しなくてはいけない側が不要な気を遣わなければならなくなる。フロアからの反応は当然皆無。

「あの、SUPER BEAVERと言います」

ボディにゆっくりめり込むような暴力的な静寂の中で、私は必死に次の言葉を探した。

「えエ、元気ですか」

不謹慎だ。完全に追悼ライブということが頭から抜けていた。ひどく取り乱した上、うまく取り繕うこともできず、なんの意味もない苦笑いをフロアに向けてしまう。

「呼んでくれて、ありがとうございます」

少し間を置いて、拍手が一つだけ鳴った。他を巻き込まず単独で発生してそのまま収束する拍手は、無反応であることよりもダメージが大きい。そしてそっと止《や》んだ一つの拍手の後にはより痛烈な静寂が待っていた。

「あ、やっべ」

また言っちゃった。

なんとか形を取り戻していた心は複雑骨折。自分で何か話すたび、自分で骨を折っているような感覚。

目の前は無が支配する静寂の大海原。敵意も、憎悪も、嫌悪もない静かな海をバンドを始めたばかりの小さな魚が目的地もなく泳いでいる。いっそ天敵でもいてくれれば、或いは救われたのかもしれない。しかしここは無なのだ。虚無が大きな口を開けて、やがて動かなくなるのをただ待っていた。

しかし。我々はバンドだ。一人ではないからバンドなのだ。個人ではどうしようもない不安を支え合う共同生命体なのだ。縋るような思いでメンバーを見た。

上杉は濁った瞳で、天井より高いところを見つめて止まっている。

柳沢は瞳孔が開き過ぎて黒目だけになり手乗りサイズになっていた。

藤原さんは錯覚かもしれないがさっきより一、二歳老けた。

逃げたかった。しかしショーマストゴーオンだ。私はマイクに向かって「今日はよろしくお願いします」と言った。

それを合図だと思った藤原さんが急に二曲目のカウント。上杉は滅茶苦茶遅れてなんとか入るが、柳沢は水を飲んでいたので入れない。全て歌詞を忘れた私は中央で噴水のように冷や汗をかいて見せるだけで、ワンコーラス終了。その様子に慌てた藤原さんがやがてスティックを落とし、上杉のベースからはシールドが抜け、伴奏なしの状態で柳沢は文字通りのギターソロに突入。

　地獄と辞書で引けば、この日が出てくる。

　どんな風に自分たちのステージが終了したのか、そしてイベントに最後までいたのかすらよく覚えていない。

　オンステージは、想像していたものと全く違っていた。華々しさの欠片すらなかったし、未来を想像させる片鱗もなかった。

　帰りの山手線、我々は一言も発さなかった。

　私はなめくじみたいにぬるぬると這って帰った。ライブハウスと自宅を、てらてらと悲しみで光る銀色の帯で繋いだ。

6

　帰ってきてから私は固形物を一切受け付けない身体になってしまったので、裏ごしした南瓜や、スープを母ちゃんに食べさせてもらいながら過ごした。

部屋の隅にうずくまりテレビを眺めながら、コマーシャルになる都度昨晩のステージを思い出して頭を抱えた。

しかし、いつの間にかほんの僅《わず》かに覚えていた言い知れぬ感覚も同時に思い出していた。それは快感というには覚束《おぼつか》ないものだったし、ドキドキとかワクワクとかで表現するには足りないものだった。

あの感覚を、もう一度味わいたい。

「嘘だろ」

思わず馬鹿みたいに漏らした言葉はあのステージで発したものよりも大きく、リビングにいる母ちゃんにまで聞こえてしまった。

「なんか言った？」

「何でもないよ」部屋のドア越しに返す。

あんなに散々だったのに、どうしてだ。

昨日、よく考えたら初めて同じ方向を向いて演奏した。狭いスタジオの中では向き合って、四人で音を出すために演奏していた。しかし昨日の四人は同じ方を向いて、フロアに向けて演奏したのだ。誰かに届くように、受け取ってもらえるように。

次は届けられるかもしれない、次はもう少し拍手がもらえるかもしれない、次は誰かが歓んでくれるかもしれない。

どうにもじっとしていられなくて部屋を飛び出した。いつの間にかこれからの日々に期待をしていた。

リビングに行って冷蔵庫を開けて、勢いよく麦茶を飲んだ。

「急になに?」

母ちゃんには笑顔で返しておいた。

わかんないけどあれまたやりたい。四人で同じ方向いてライブしたい。

私は、それでも好きだったのだ。

それだけだ。

第4章　某大会

1

天を仰ぐと、悔し涙が頬を伝って口に入る。

悔しい思いをしているのだから、何も塩っ辛い必要などないだろう。例えば甘かったり、この世のものとは思えない程に美味しかったりすればいいのだ。バランスとは、そういうものなのではなかろうか。

しかしそういう訳にはいかないのは、多分この先だってこんなことざらに起こるだろうから。悔しさは塩っ辛くてずっとアンバランスだ。だからもう塩っ辛さを味わいたくないと思うのであれば、お前が地に足つけてしっかりやれよ、と。

だから甘くて美味しいより、塩っ辛い方が結果的に優しい。

わかってる。

SHIBUYA-AXは優勝者を讃える拍手に満ちていた。

わかってはいるが。

どうにも今日は、塩っ辛過ぎやしませんか。

SUPER BEAVER
vo.渋谷龍太、gt.柳沢亮太、ba.上杉研太、dr.藤原広明

書き込まれたエントリー用紙を見て私は、これでよし、と頷く。もっとも書き込んだのは柳沢であり、私はそれを早く早くと急かしていただけなのだが。

テーブルを叩いて、勢いよく立ち上がる。

「二度目の正直だ、三度目になんて期待するな。いいな！」

私は息巻く。眼光鋭く、言葉歯切れよく。

メンバーに声がでかいと注意される。寝る前に観た「フルメタル・ジャケット」のせいだと

思う。ごめんね、と三人に謝って座る。

でも俺らは、と柳沢が笑いながら言った。

「三度目なんだよね」

柳沢の言う俺らとは、彼と藤原さんのことを指している。真偽のほどはわからないが、自称幼馴染であるという彼らが出会ったのは幼稚園の時分、そして共にバンドを始めたのは小学校五年生の時だというのだから驚きだ。ませガキの彼らは中学生の時に〈BALANCE〉というバンドを結成し、このエントリーシートを書き込んでいる。

その話を聞いた時は、小さい頃からすごいやつというのは本当に実在するのだなア、と感心したのと同時に、蜥蜴《とかげ》を追いかけたり、ジャンプに失敗して池に落ちたり、林間学校で家を離れるのが嫌すぎて泣いたりしていた自分を引き合いに出して愕然とした。ならばと思って思い出した中学生時代も、三年間をメガネで過ごしたことと、夏休みのプールで毎日のように親友とアイスを食べたことしか浮かんでこなかった。

それから改めて柳沢の顔を見てみると、どうにも癪《しゃく》に障った。柳沢をうっすら睨む。隣で上杉が言った。

「期待も何も、俺と渋谷は来年には出場資格がないから」

ちなみに柳沢と藤原さんは私のことをぶーやんと呼び、上杉のことをリーダーと呼ぶが、私は上杉のことを上杉と呼び、上杉は私のことを渋谷と呼ぶ。圧倒的同級生感が滲んでいる。

バンドマンらしく本日のスタジオは下北沢。衝撃的な初ライブから一年と少し、些《いささ》かクーラーの効きすぎた談話スペースで四人は膝を突き合わせていた。

初ライブが衝撃的だったおかげで、大概のことでは驚かない強靭な精神力を手に入れた我々は、あの日から数ヶ月で『TEENS' MUSIC FESTIVAL』という大会にエントリーすることを決めた。

その名の通り十代を対象に開かれていたこの大会は、音楽を志す少年少女の登竜門のようになっていた。我々の他に抜き打ち追悼ライブを経験したバンドなどいるものか、というよくわからない自信と勢いで楽器店予選に乗り込んだ我々は、地方大会予選、地方大会本選、全国大会まで進むことが出来たのだった。

「あれから一年か、早いね」

短髪の黒髪をきちんと爽やかに整えた上杉が言った。

「そりゃ、十九歳にもなりますわ」

同じく短髪の黒髪であるのにどうにも格好良く決まらない私がそれに答える。

好きでこの頭にしているわけではない。これは校則に従ったものだった。無事に高校を卒業出来た私と上杉は、示し合わせたわけでもないのに同じ調理師の専門学校に入学。包丁を研ぎ、魚をおろし、フライパンを振る毎日には、髪の毛に長さも鮮やかさも必要ないという校風のもと、爽やかになった上杉に反して、私は前髪ぱっつんの不思議な髪型になってしまったというわけだ。「高校の卒業とピンクの頭の卒業が揃ったので、前髪も揃えてみました」というオリジナルギャグを思いついたのだが、怖くて一度も披露出来ずに旬が過ぎた。

一年制の専門学校だったので、高校三年生の柳沢と藤原さんと同じ時期に卒業出来るということになる。足並みが揃うので、バンドの活動をしやすくなる予定だ。

しかし私自身、メンバーと卒業のタイミングを揃えてまで本気でやりたかったのかというと、正直微妙であった。

音楽はいくつか並べた選択肢の中で比較的これが好き、というそれくらいのものだった。机に向かっているよりは断然楽しいし、包丁を握っているよりはマイクを握っていた方が昂奮出来た。しかし、これで飯を食っていく、といった類の覚悟はなかった。

大学に進学したり、働く先を見つけたりしている周りの動きを見ていると、やりたいことがない自分が、悪いことをしているような気持ちになってくる。調理の専門に入ったのも料理人である父ちゃんの影響であり、もしかしたら俺にもこんなことが出来る血が流れているかもしれないという期待で動いた。実技のテストでも一度も落ちたことはなかったし、成績は良かった。しかし、どこかワクワク出来ない自分を見つけてしまった。

そんな中自ら進んで触れ続けた音楽。希望とまで豪語出来ない稚拙な想いではあったが、ワクワクの欠片をたくさん拾うことの出来たこれを、一生懸命やってみようと、そんな風に思っていたのだ。


「もう」誰かが、口を開いた。「十九歳なんだね」

私は顔を上げた。人生とは、私にとっての音楽とは、なんてことを真面目に考えていた大事な時間に、横槍を入れたのは誰だ。

「え。今言ったのは？」私は質問した。

藤原さんがおずおずと手を上げた。私は姿勢を整え、その顔を見つめて訊いた。

「そうですね、それがどうかしましたか」

「いや、もう大人だなって」

目の前の男をしばらく見つめた。彼は視線を少し泳がせると手元のコーヒーを一度啜《すす》った。

この先歩みを揃えてバンドをやっていくにあたり、あやふやで済んでいたものをそのままにしておくのは私の性分に合わなかった。この際はっきりさせておこうと私は背もたれから身体を起こした。

「そういうあなたは何歳なんですか」

「え、十八歳、です」藤原さんは答えた。

「本当のところは」

「だから十八」

「はいはい。はいはい」語気が強くなってしまったが仕方がない。私はうんざりしていたのだ。エントリーシートを指さして見せた。「いい加減にしましょう。言っときますけどこれね、十代の大会なんですよ。あなた本当は出たら駄目なんですよ、わかってますか。去年の大会はどうにかうまく騙して出場出来ましたけど今年はおそらく厳しいと思いますよ、去年だってあれ程目をつけられてたんだから。どんな事態になっても対応出来るように、ここらで我々には本当の年齢教えておいていただけませんか」

「だから、十八歳」

「いやいや！　だってひげ生えてるじゃないですか！」

柳沢が慌てて間に入って言った。「ぶーやん、俺たちは本当に幼馴染で」

「それもう面白くないから。というかそもそも面白くないから」

「本当なんだよ」

「個人情報全開示しろよ、家系図まで持ってこいよ」

藤原さんが静かに泣き始めたので、私はばつが悪くなって荷物をまとめて帰った。

帰りの電車、車窓から見える景色はオレンジだった。夕焼けは暖色のくせしてどこか寂しい。多分さっき少しだけ去年の大会を思い出したから余計にそう見えるのだ。

一年前の舞台で声高らかに読み上げられた、我々とは別のバンド名。応援してくれた友達の悔しがる顔。それでも歓んでくれた両親。生まれて初めて立った四人での大舞台。そして初めての挫折。

塩っ辛いのはもう十分だ。

藤原さんに八つ当たりみたいになってしまったことを恥じた。謝罪のメールを送った。この際大会に出られて優勝出来れば、彼が何歳だろうが関係ないではないか。謝罪のメールを作成していたら乗り過ごしてしまった。

折り返すために降り立った駅、濃くなったオレンジがホームに差していた。

2

去年の実績から我々は楽器店予選をパス。人生初のシードに胸躍らせながら挑んだ地方大会予選も順当に勝ち抜き、地方大会の本選までコマを進めることが出来たのだった。

予選をパスしたその夜、なははア、と笑いながら両親に報告すると、思ったよりも深く、二人は歓んでくれた。

目に余るような心配は掛けていない、ただいつになったたって私は二人の子供なのだ。私がおじさんになっても、おじいさんになっても、その時に二人はいなくても、私は彼らの子供なのだ。自分がやったことで二人が歓んでくれる。それって私が生きている意味の一つになるんじゃないか、と思った。

二人に背中をバシンと叩かれた。

「頑張ってこいよ」

「頑張んなさい」

両親が笑う姿は、すごくいい。

私は、絶対に二人よりも後に死のう。二人より長く生きようではなく、後に死のう。不思議な気持ちだがそう思った。

桂剥きはより薄く、オムレツは綺麗に。スタジオ練習も真面目に。そんな日々を過ごしていたらあっという間に地方大会本選。
舞台はZepp Tokyo。一日の流れの説明を受けるために我々は午前のうちから招集をかけられていた。それぞれの地元から勝ち上がってきた関東勢が一堂に会するフロアは、まだリハーサルすら始まっていないのにピリついた空気に満ち満ちていた。オンステージに向けた気概より、十代特有の「とりあえず周りみんな敵！」みたいな無垢な反発心の方が濃いように思う。我々は自己顕示欲と、自信と、劣等感と、水分と、タンパク質で出来ているのだからそりゃア仕方がないか。

しかしながら、如何《いかん》せん周囲が私に向ける視線だけ、やたら辛辣であるように感じる。自意識過剰なんかではなく、明らかに視線が痛い。今日初めて会った連中ばかりなのに、なぜ親の仇のように私を見るのだろう。メンバーに相談すると、「髪型じゃない?」と言われた。反論しようと思ったが、そういえば専門学校に入学してから髪型に対して肯定的な意見は一度も聞いていない。これは今に始まったことではなくピンクの頭の時からそうであったのだが、この意見は一概に否定出来ないのかもしれない。

少しだけ不安になったので、こそこそ会場を抜けてお手洗いの鏡で今一度自分の姿を確認してみることにした。

鏡に映っていたのは、黒髪で短髪の少年。しかしフォルムは異常に丸く、その中でも生え際でラウンドさせて切り揃えられた前髪は、言われてみれば少し妙だった。坊主より少し長い艶のある猫っ毛で完成されたシルエットはヘルメットをかぶっているように見え、ウォーズマンみたいだった。というかウォーズマンだった。

ひどく驚いてパニックを起こしかけたが、今に始まったことではないと思い出し平常心に戻った。

会場に戻り、この発見をメンバーに伝えてみた。

「ねエ、私ウォーズマンみたいなんだけど、どうしよう」

三人にまるで相手にされなかったのでむすっとしていると、その不貞腐れた様が周囲からの視線をさらに鋭角にして集めることになった。

耐えかねて再びお手洗いに逃げ込むと、視線の矢を浴び過ぎて頭皮から少し出血したウォーズマンが鏡の中からこちらを見ていた。

肝心な本番のことはよく覚えていない。

とても緊張したことと、どうしても勝ちたかったことだけははっきり覚えている。

SUPER BEAVER地方大会本選突破。全国大会進出。

3

目が覚めたのは永田町のホテル。

いやはや、文頭のこの一行はかっこいい。国政を担う男の心持ち。ワイシャツの襟が黒く汚れ始め、それに気が付いた秘書に、「働きすぎです、お願いですから休んでください」と無理矢理にホテルに押し込まれた男の心持ち。そのまま気絶するように眠り、夜中に鳴った部屋のチャイムで目を覚まし、「どうして着替えてないんですか、もう」ともじもじした様子でドアの前に立つ秘書の訪問にドギマギする男の心持ち。朝に目を覚ますと、綺麗に畳まれたクリーニング済みのワイシャツの上に、「今日は午後からいらしてください。休むことも仕事です」と書かれた置き手紙と、枕元に彼女が忘れていった小さなピアスを発見してしまう男の心持ち。はい。

昨日は全国大会のリハーサル、主催の計らいで出場者は本番に備えそのまま都内のホテルに宿泊することになっていたのだ。そのため、永田町のホテルで朝を迎えることになった。

本番に備えホテルを取ってくれる心意気は素敵だと思うが、それがどうして永田町であったのかは理解し難い。そして何より全国各地で勝ち名乗りを上げた出場者たちはさておき、東京生まれ東京育ちの我々は家に帰った方が明らかに早かった。ただ場の空気を読めてこそシティボーイ。私なんかは三代以上続く山の手の人間だ、利害損得より気風。文句一つ言わず柔和な笑みなんか携《たずさ》えて、「ありがとよ」とスマートにチェックインしたのであった。

晴天に恵まれた当日、霜月の空は突き抜けるように青かった。地方大会予選から数えて三ヶ月と少しが経過していた。

歯を磨いて、ベッドに腰掛ける。

顔を洗っていなかったことに気が付いて洗面所に戻り、再びベッドに腰掛ける。

荷物をまとめてベッドに腰掛けると、洗面用具が出しっぱなしだったので洗面所に戻って荷物をまとめ直すついでに手を洗う。

集合時間までまだ少しだけ時間があったので洗面所の鏡の前に立つと、さっき歯を磨いたのか確信が持てなくなり荷物を解いて洗面用具一式を取り出し、歯を磨く。

あれ。

緊張している。

二度目の歯磨きを終わらせ、もうびしょびしょの洗面所の鏡に映した自分の面構えにどういうわけか自信が持てない。髪型だけの問題ではないようだ。

ただ、ここで足掻いてどうにかなるような結果なら去年だってどうにかなっていたと思う。この日に至るまで幾度となく音を合わせてきたじゃないか。がむしゃらな日々に楽しさを見つけたじゃないか。覚悟を決めて再び鏡に映った自分と目を合わせると、不思議と心が落ち着いた。

心持ち改め、両膝をバシッと叩く。やれる、大丈夫。

時計を見ると集合時間から一分過ぎていた。

慌てて部屋を飛び出す。

決勝の舞台、渋谷公会堂に到着。

昨日のリハーサルの時だって来ているのに、なぜだか全然違う会場に見えるくらい張り詰めた空気を放っていた。

余談ではあるが、実はここはもう渋谷公会堂ではない。ネーミングライツで渋谷C.C.Lemonホールに名称が変わった直後だった。会場の名前が変わるという先駆けだったため凄く驚いたのと同時に、凄く落胆したのを覚えている。渋谷公会堂といえば、あの渋谷公会堂なのだ。気落ちする心情はお察し頂きたい。

失礼であるとは思いますが、「決勝の舞台は渋谷公会堂です」と予選の時分から幾度となく言われ、そこを目指していた気持ちを大切にさせて頂きたいので、ここでは渋谷公会堂と呼ばせて頂く所存。悪しからず。


本番までの時間は、出演者それぞれが好きに使う時間に充てられた。

私はコンビニでお茶とどら焼きを購入。本番が近づくにつれて緊張感が高まってゆく会場をうろうろしながら、それらを嗜むことに時間を使った。

客席の一番後ろから会場全体を引きで眺め、大きいなア、なんて思っているとポケットで携帯電話が震えた。画面には〈やまと〉と表示されていた。

「もしもし」

「会場着いたわ、去年と違うとこなんだな」

「そうなんだよ、今年の方が少しでかい」

「龍太今どこいんの」

時間を確認すると、既にオープンの時間だった。ぼちぼち準備をしなければいけない時間ではあったが、友人の顔を一目見たいと思った。

「会場うろうろしてるよ、入り口のとこいるなら顔出しに行く」

「へーい」

「へーい」

電話を切って会場の入り口に向かった。

やまとは、中学生の時に出来た親友である。自身にとって「親友」は、物心ついた時から不用意に使ってはいけない言葉の上位ランカーであり、親友を連発する人間はどこか信用に欠けるとまで思ってしまう程に威厳のある言葉なのだが、彼に対しては躊躇《ためら》いなく使う。

去年の決勝大会の前の晩やまとは、「頑張れよ」とそれだけを言いにわざわざうちまで来てくれた。その時にお土産に持ってきてくれたどら焼きを「レジの横にあっただけ、特に意味はない」と言って渡してくれたその日から、ジンクスや験担《げんかつ》ぎを一切しない私に唯一の勝負アイテムが出来た。

自分のポリシーや意向を優しく曲げてくれる存在は尊い。

「おー、龍太」

そんなことを考えながら歩いているとやまとに呼ばれた。生命エネルギーの塊のようなこの男は、背も小さく派手な格好もしないのにやたらと存在感があるのですぐ見つけることが出来た。

「来てくれてありがとう」

「会場でかいな、頑張れよ」

「うん」

「会場名ダサいな、頑張れよ」

「うるせエ」

「それじゃ観てるわ」

そう言って会場に入ろうとしたやまとに、私は言った。「今年こそは優勝する」

やまとは渋谷公会堂を見つめて、もう一度私の方に向き直って言った。

「応援してる」

去年落胆する私に「やっぱり、お前らが一番だったよ」と、笑いながら言ってくれたやまと。去年と同じ言葉を、今年は本当に一番になってまた言ってもらうつもりでいた。踵《きびす》を返して楽屋へ向かう。何かとても大きな力で温かく心が膨らんだ私は、優勝だってなんだって出来そうな気分だった。

「おい、龍太！」

背中から聞こえたやまとの声に振り向くと、直線に近い放物線を描きながら何かがなかなかのスピードで飛んできた。避《よ》ける、または、キャッチする。瞬時に浮かんだ二択であったが、私はそれをキャッチした。

「元ハンドボール部キャプテンを舐めるなよ！」

そう叫ぶ私に向かって、やまとは笑って大きく手を振った。

「龍太！　頑張れ！」

それだけ言って人混みに消えてゆく彼を見届けた後、キャッチしたそれに視線を落とす。

私の手の中に、去年と同じどら焼きがあった。


「渋谷、どうしたの」上杉が私に訊く。

「なんでもない」

楽屋は出演者勢揃いの大部屋楽屋であった。私の前を通る誰しもが、好奇な視線をこちらに寄越す。

「いや、でも」

「なんでもないって」

別段なんてことはない、こちとら当然な成り行きでやまとの粋な贈り物に号泣しているだけなのだ。

粋だった。本当に粋なことをしてくれる。

本末転倒ではあるが、もらったどら焼きには手をつけられずにいた。食べたら失くなってしまうという当たり前のことが悲しすぎた。叶うものならドライフラワーみたいにして、玄関に飾っておきたい。

「ずっと一緒にいたいねエ」

どら焼きに話し掛けながら撫でていると、藤原さんがこちらを見ていた。もしかすると、私が目を離した隙に一口食べようとしているのかもしれない。油断も隙もあったもんじゃない。藤原さんをきつく睨んで背中を向けると、楽屋の入り口から配膳台のようなものが入ってくるのが見えた。

隣にいる柳沢に話し掛けた。

「給食かな」

「違うでしょ」

柳沢はギターから顔を上げずに片手間といった感じで冷たく返した。人に対してこういう物言いをするとばちが当たる、とばあちゃんが言ってたのを思い出して、柳沢が気の毒になった。

楽屋の真ん中で配膳台は止まった。押してきたスタッフの方が上にかかっていた白い布を捲ると、手のひらサイズの赤い箱が積み上げられているのが見えた。

「あれビッグマックかな」

「違うでしょ」

柳沢は相応の報いを受けることでしょう。

するとスタッフの方が大きな声で言った。

「こちら、大会から皆さんに差し入れです！　お一人一つずつのご用意ございますのでどうぞ」

私は「差し入れ」の「さ」の字が聞こえた時点でダッシュをしていたので、アナウンスし終える頃にはもう既に一箱手にして楽屋の席に戻る途中であった。

藤原さんが私の手にした箱を見て言った。

「ビッグマックみたいだね」

同じこと考えてたなんて、なんだか癪なので無視した。

なんだかんだ言ってみんな中身が気になるらしく、メンバーは私の手元を軽く覗き込んでいた。たかが箱を開けるだけなのに少し緊張した。浦島太郎も玉手箱を開けるとき少し緊張したのかな。まア彼の場合は開けるなって言われたのに開けたわけだから心臓ばくばくか。そういえば浦島太郎の教訓ってなんだろう。人の言うことを聞きなさい、かな。亀なんて助けるな、かな。

「よいしょ」

箱を開けた。四人で中を覗き込む。

私の人生でこの先、これ以上に驚くことはないんじゃないかというほどに驚いた。

箱に入っていたのは二段重ねのハンバーガーでもなければ、歳を取らせる煙でもなく、どら焼きだった。


験担ぎで買ったどら焼きと、やまとがくれたどら焼きと、大会が支給してくれたどら焼き。

なんかやベエ、と思っていたらあっという間に出番。

「間に合わないよ、急いで」

手を引かれ、即オンステージ。心の準備が、と思っていたらアウトロだった。


ステージを降りる。張り詰めていたものが一気に緩んだ。刹那的で集約的なステージだったのだから無理もないだろう、その場に一旦へたり込む。

大きく息を吐いて顔を上げると、無垢な感じの少年が傍《かたわ》らに立っていた。誰だろう、よく見てみると九州大会代表の男の子だった。既に出番を終えた彼は弾き語りでこの大会に参加していた。年齢どうこう言うほど野暮ではないがそれでも、その歳でこんなに出来ちゃうんだなア、としみじみ思ったのだった。世の中には人の数だけ人がいる。当然なのだがなんか凄い。

「あ、お疲れ様です」私はやおら立ち上がって、少年に言った。

少年はなんだかもじもじしていた。私もあみちゃんに告白した時こんな感じだったので言いたいことがあるのは明白なのだが、それが一体なんなのかまではわからない。

パターン1、我々のステージに昂奮し、うまく言葉に出来ない。

パターン2、我々に駄目出しをしたいのだが、年上に伝えていいものなのかと憚《はばか》っている。

パターン3、シンプルに尿意。

「どうしたの?」

私が訊ねると少年はビクッと身体を震わせた。パターン3だった場合、絶対今ちょっと出た。

少年は意を決したようにキッと私を見つめた。なんだろう、ちょっと緊張する。

「あの」

「ん?」

「出番の前から、ですね」

「うん」

「あの」

「はい」

「チャックが開いてました」

「え?」

「チャック」

少年が指したその先には私の股間があって、私が視線を落とすとそこでは、左右噛み合うことの叶わないチャックが侘しさを漂わせていた。

私の記憶が確かならば、彼は「出番の前から」と言った。となると本番前に念のためと思って行ったお手洗いからずっと、言わずもがなオンステージしている間も、ご開帳していたということになる。

もう一つ思ったことがある。私の記憶が本当に確かならば、彼は「出番の前から」と言った。即ちチャックが開いているということを知っていながら、ステージに上がろうとする私の背中を見送ったということになる。言えなかったのか、はたまた、言わなかったのか。地方の看板を背負っている者同士で勝者と敗者を決めるこの場所、そこで見せる優しさは即ち相手を愚弄していることになりかねない、とそういうことなのか。どうなのか。

「君は」私は少年に訊ねた。「滑稽という漢字に他の読み方があるのを知っているかい?」

「え?」

「滑稽と書いて、こっけいと読まずに、なんと読むのか知ってるのかと訊いているんだけど」

「え、あの」

「しぶやりゅうたと読むんだよ馬鹿野郎が!」

少年は一目散に逃げていった。ざまアみろといった具合だ。私は心が狭い。

走り去った少年のその後をなぞるように、幾つもの水滴が落ちていた。パターン3も間違いではなかった模様。

水滴をたどりながら楽屋に戻る道中、そういえば後日CSでこの大会を放送すると言っていたことを思い出した。テレビに映し出された精一杯に格好をつける私と、その股間の具合に思いを巡らせて、少しだけ泣いた。


無事に全ての出演者がステージを終えた。この日のためにそれぞれがどんな日々を過ごしてきたのかを私は知る由もないし、それぞれがどんな気概で挑んだのかもわからない。でも、みんないい顔だった。

悔いはないか、と問われたら、幾らでも出てくる。多分、そんなもんだ。しかし去年知った涙の味を、去年覚えた悔しさを、そのままで終わらせていいはずがないと思っていた。過去の形が変わることは絶対にないが、これから迎える日々の中で形を変えて輝かせてあげることは出来る。私は今の自分で、かつての自分にも胸を張らせたかった。

うまくいくに越したことはない。ただうまくいかなかった時は、うまくいった時より自分の財産に出来るチャンスだ。

出演者全員がステージの上に集められての結果発表。

大きな歓声が上がる。

ステージから見た景色や、聞こえた拍手を私はこの先絶対忘れることがないだろう。

溢れる涙が去年より塩辛かったのは、ここに至るまでの道が甘いもんじゃなかったことを忘れるな、と。そういうことだと思う。

たかだか十代の大会だ、所詮世慣れしてない音楽だ、結局これだけでは何も変わらない。

異存はない。

音楽は測れる類のものではないし、そもそも順位などつけるようなものではない。

異存はない。

ただ、やまとが歓んでくれた、父ちゃんと母ちゃんの嬉しそうな顔が見られた、仲間になったバンドが肩を叩いてくれた。それが全てだ。

そして柳沢と、上杉と、藤原さんと、同じことで歓喜出来る事実に、我々はバンドなのだと当たり前のことにグッときてる。それが全てだ。

翌日から私はまたいつもと同じ日々を過ごすことになる。オムレツを焼いて、魚をおろして、クリームを絞る。友達と遊んでは、家に帰り、映画を観たりする。何も変わらない。

ただ、歓んでくれた大切な人がいてくれたのは、自分が歓べたのは事実だ。過剰な自意識と漠然とした不安にわだかまる毎日に、初めて自らがやりたいと志したことがもたらした結果なのだ。それは確実に自分の中の何かを変えた。


誰かの、何かになりたい。

希望というには取り留めがなく、野心というには不十分な覚悟ではあったと思う。少し矛盾してはいるが、誰でもいい誰かではなく、大切に思える「誰か」を意識できたことは、SUPER BEAVERにとっての、歓びの定義の基盤になった。

誰かいてこその、あなたがいてこその音楽。そういうことかもしれない。

受け取ったトロフィーを見て、生まれて初めて自分に「よくやった」と声を掛けてやった。

TEENS' MUSIC FESTIVAL2006。

SUPER BEAVERは優勝した。

4

ステージを降りる。

メンバーと固く握手をした。四人だけしか感じ得ないこの瞬間に心が熱くなった。

楽屋に続く廊下を未だにわかぬ実感にふわふわしながらふらふら歩いていると、私の視線は一人の人物から動かせなくなった。

柳沢が私に言った。

「どうしたの」

私は三人に向き直り、言った。

「まだ、やらなきゃいけないことがあるんだ。先に戻っていて」

私が切実だったので、理由を聞かずにメンバーは楽屋に戻っていった。みんな、ごめん。男には覚悟を決めなければいけない時がある。覚悟を決めて一人きりで戦わなければならないことがあるのだ。

私は楽屋とは違う方向に歩き出す。先程のようにふらふらはしていない。しっかりと一歩一歩進んだ。視線の先に一人の男がいた。

「あの」

喫煙所でタバコを吸っていた男は鼻から煙を吐き出し、壁にそっと身体を預けた姿勢のまま、顔だけこちらに向けた。

「おう、おめでとさん」

半世紀近く生きていないと漂わせることの出来ない重厚な気配があった。長く生きていればある程度は出来ることなのかもしれないが、彼は纏《まと》う空気だけで人生を語れる稀有な男であるようだ。

気圧されていることを悟られぬよう、私ははっきりと話した。

「つかぬことをお伺いいたします。実はオンステージした際、口にするのも恥ずかしい不具合が私に生じておりました。いえ、ここは恥を承知で具体的に申し上げます。本来閉じていなければいけないズボンのチャックがずっと開いておりました。最前でカメラを回していたあなたに確かめたいことが」

ここまで話すと、男は手をかざして私を制した。タバコにゆっくり口をつけると、先端で燃ゆる赤がジリジリと小さく音を立てた。吐き出した煙はしばらく男と私の間を漂い、やがて排気口にゆっくりと吸い込まれていった。

「あの」

間に焦れて私が口を開くと、男はほんの少しだけ笑ったように見えた。そして掠れた声で言ったのだ。

「上半身しか、撮ってねエよ」

再び口をつけるタバコ越しに、私は男をぼうっと見つめた。

やがて男はタバコの火を消した。軽く手を当てた首を大儀そうに一周回すと、軽く息を吐いて少し俯く。次に顔を上げた男の表情からは気怠さが完全に消え去り、一瞬で働く男のそれになっていた。

「放送、楽しみにしてな」

私の横を通り過ぎるその時、男は私の肩をポンと叩いてそう言ったのだった。

こんな大人に、私はなりたい。

この日、もう一つの希望と野心が生まれたのだった。

第5章　初ツアー

1

小さい頃、私は車に乗るとすぐに吐く子供だった。車に限らず乗り物全般。それがたとえ新幹線であっても私は吐いた。何かに乗ったら吐く、パブロフの犬だ。意識の深層にまで刷り込まれたそれは、二十歳になったその時も消えることがなかった。なので「大阪まで車で行きます」と告げられた時、先読みの一口ゲボが出ちゃったことについては仕方がないというか、むしろ自然なことであった。

大会で優勝したことが我々にもたらした直接的な恩恵はささやかなもので、青田買いのオトナが我々のライブに来る都度、売れるチケットが一枚増えることとくらいだった。

ここで言うオトナは年齢で表せる大人ではなく、業界にいる人のことを指してオトナである。大人でない妙なオトナが偉かったり、オトナと一括りにしたくない程に素敵な大人なオトナもいる不思議な世の中を垣間見る機会が少しずつ増えていった。

大会を主催したヤマハには素敵なオトナがたくさんいた。大会で優勝した我々を自社でのデビューではなく、他社でデビュー出来るように導いてくれたのは紛れもなく我々を想ってくれてのことであったし、我々に近寄ってくる青田買いのオトナを一度、大人のふるいにかけて守ってくれた。

そんなふるいの目をくぐり抜け声を掛けてきたのは、ソニーのオトナだった。

メジャーデビューを前提に話がしたい、と。経験の極めて少ない君達なので、まずは弊社お抱えのもと、インディーズで何枚か全国流通盤を出すところから始めませんか、と。

話し合いは数回に及んだ。何もわからないSUPER BEAVERに代わってその真意をしっかり見定めようと、都度厳しい目でヤマハのオトナと対峙してくれた。

目黒にあるヤマハの本社。結果的に我々は、「それじゃア頑張っておいで」と厚く送り出してもらうに至った。献身的で、自分たちを実子のように扱ってくれた日々に、我々は優しさを教えてもらった。

ふるいの目が粗かったわけではない。我々はしっかり守ってもらった。しかしそこをくぐり抜けられるオトナは思っている以上にオトナだ。濾《こ》しとられるような部分ははなから見せやしない、ただただ一枚上手だったということだろう。

このあたりから我々は転がり出す。良い方向なのか、はたまた悪い方向なのか。

現状で判断できる程、SUPER BEAVERは利口ではない。

その後、今後の方針を決める話し合いが行われた。オトナという生き物は話し合いが大好きだ。お金のために働いているのではなく、話し合うために働いているのかと紛《まご》う程に、話し合いが好きである。

まずはミニアルバムを作りましょうと話し合い、後日、盤の内容について話し合った。善は急げと翌日レコーディング日程について話し合い、日を改めて日程内の日割りの話し合いをしようと、その日程を決めるために我々は話し合った。話し合ったのだ。

そうして我々は初めて、きちんとした形でレコーディングをすることになった。ｄｅｍｏ盤を作るためにＭＰ３を使って、練習するためのスタジオでレコーディングをしたことはある。ただそれはレコーディングというにはあまりに拙く、あくまで吹き込んだものをまとめてみたという程度のものであったから、エンジニアの方とやりとりをしながらしっかりした機材の前で音を録ってもらうというのは初めての経験であった。

インディーズで盤を出すにあたり事務所にも所属した。ソニーのオトナが見つけてきた事務所であり、我々は受け入れてもらうという形ではあったが、所在がはっきりしたことでなんだか自分も社会の一部として生きているような実感があった。

我々の音楽は、ＣＤに焼かれ、帯を付けて包装され、レコード屋さんに並んだ。

二〇〇七年、『日常』という正真正銘のデビュー盤リリース。プロジェクトが始動してから三ヶ月余り、お店に並んだその様はどこか現実離れして見えた。

夢か現《うつつ》かの区別もろくすっぽついていないような状態であったので、盤を作っている最中にツアーがどうのこうの言われていたことなど、これっぽっちも覚えていなかった。なので二十本にも及ぶ全国ツアーが会場も日程も既に決まっていることを知って、私はひどく驚いた。

「聞いてないよ」

「いや、聞いてたから」

三人に同時に言われた。

平日の昼下がり、来る度緊張していた事務所に少し慣れ始めていた頃だった。

抵抗するために今までの会話の中に綻《ほころ》びを見つけようと足掻くも、生返事をし続けた私の立場が悪化していくだけで、既成事実であることが明白になっていった。

ソファに腰掛け頭を抱えた。やばい。

なぜなら私は、家にすぐ帰れないような場所は危険だと認識していた。なのでそれが例えば都内であったとしても我が家を中心とする半径1㎞より外へは好んで出歩かなかった。全国ツアーなんていったら東京都以外も回るということになる。それだけでも驚愕であるのに、行程を見てみると少しも家に帰れない期間が幾度もあった。小学校の林間学校を適当な理由をつけて休む程に極度のホームシッカーである私だ。どこか遠くの知らない土地の知らない部屋で、天井のシミを数えながら眠るだなんて、それを考えただけで心がソワソワした。

頭を抱えるのと胸を押さえるのを交互に繰り返していると、それまで成り行きを黙って見ていた事務所の人が不意に、思い出したといった様子で無慈悲に言ったのだ。

「まずは」然《さ》もありなんと。「大阪まで車で行きます」

2

ツアーを明日に控えた私の心はどんよりと曇っていた。渋谷駅で山手線を降りて明治通りをだらだら歩く。暑いなアと空を見上げると雲一つない晴天。遮るもののない陽光が一直線、半袖の腕に容赦なく降り注いでいた。

だらだらとしたペースであったとしても、歩いていれば目的地に到着する。真理だ。私は事務所の入ったビルを見上げた。

ツアーの交通手段を聞いて一口ゲボを披露してから、事務所に行くのがどうにも気まずい。旅の恥はかき捨て、と言うが、旅に出る前にかいてしまった恥なのでどこにも捨てられない。そしていよいよ明日から旅が始まってしまう。車に乗ったら一口分じゃ済まない。私は暗澹《あんたん》とした気持ちでエレベーターに乗った。

いざとなったら走って逃げるか。本気で考えながら事務所の扉を開けた。

ここで一つ問う、関係のない話ではない。

例えば空から突然UFOが姿を現し、街を歩く人々をドロドロに溶かす得体の知れない光を照射する場面に出くわしたとする。その時、おでこにできたニキビの行末についてうじうじ悩んでいられる人は存在するだろうか。

私はおそらく皆無だと思う。

即ち懸念や杞憂の類は、現実に起きた本物の恐怖により、いとも簡単に払拭されるということだ。

私はそれを、身をもって体験することになる。

「しーびゃ、だいじょんだよ、そんあしんぱしなくってエ」

事務所に入ってすぐの出来事だった。

困惑した。

目の前にいる知らない男。そしてその男が発する妙な言葉、加えて私より先に到着していたメンバーの目に見える明らかな狼狽。

　私の困惑の大方を占めているのは恐怖だった。わからなすぎて怖い。把握できない状況を打破すべく、目の前の男に繋がる手掛かりを探して生を受けてからの記憶を順々に辿ってみたが、結びつくものが一つとして見つからず、結局余計に怖くなった。

　寝起きのような頭髪にメガネ。オーバーサイズの原色のTシャツに羽織った白いシャツ。腰パンなんてぬるいものではなく太ももの真ん中あたりまでずり下げて穿いたジーパン。で、撫で肩。

　ほぼ、ゆるキャラだ。愛嬌と不気味さがカフェオレと同配分でブレンドされたような男。

「誰、え、なに」

　思わず口からこぼれた本音が、目の前の男の耳に届いてしまったようだ。身体をぴくりと動かした男は、それには答える代わりに我々一人一人の顔をゆっくり見渡した。そして丸い肩をゆっくり沈ませ深く息を吐くと、丸い肩をゆっくり持ち上げて息を吸い込んだ。

「んあ」

　やばい、鳴いた。こわい。

　それからメンバーは警戒をして口をつぐみ、知らない男はおそらくなんの理由もなく口をつぐんだ。ただ闇雲に流れてゆく時間に恐怖は増してゆくばかりであった。

　やがて彼は気怠そうに首を撫でると、腰のあたりをぽりぽり掻いてみせた。ずり落ちてきたメガネを直すと、再び丸い肩を持ち上げて息を吸い込んだ。

「あっあっあっあっあ」

笑っているのだろうか。また鳴くと思っていた当てが外れて私はビクッとなった。

「あっあっあっあっあ」

やはり笑っているようだ。

「よおしく」

こわいこわいこわい。


数分後、何食わぬ顔で部屋に入ってきた事務所の人の説明により事態は収束する。

いいや、前もって説明、そのあとに紹介だろう。崖から突き落とした人間に、後になって命綱をつけてどうするんだよ。

聞くところによると、この人は郷野さんという方で、そして本日から我々のマネージメントをしてくれる人らしい。

四人は心の中で「え、まじで、大丈夫?」とパワーコーラス。瞬時に抱いた不安はしかし、身元が明らかになった安堵によってまんまと相殺《そうさい》されてしまった。

ちなみに、お察しの方もちらほらいるかとは思うが郷野さんは滑舌があまりよくない。彼の言葉は、顔見知りになった程度では解読は難しい。ましてやこの時初対面であった我々にはこの滑舌で発せられた言葉の中から単語を拾い上げることすら不可能であった。

出会い頭に掛けてくれた「しーびゃ、だいじょんだよ、そんあしんぱしなくってエ」は、「渋谷、大丈夫だよ、そんな心配しなくて」だったと、しばらく経ってから判明する。

さて、得体が知れれば恐るるに足らない。我々は、しっかり挨拶しなければと姿勢を正した。

「よろしくお願いします」

「んあ」

郷野さんは我々の言葉は理解してくれている模様。それであれば取り急ぎコミュニケーションの問題は半減したと言ってもいいだろう。残りの半分は焦らずやろう、と課題のひとつに設定したのだが、「え?・」とか、「ん?・」を繰り返し続けて四十分少々やりとりを続けたところ、おそらくこうであろうと我々の言語に脳内変換できるようになった。これは海外に置き去りにされても、四十分もらえればある程度のコミュニケーションが取れるようになるという証明だ。私は自信を持った。

郷野さんは言った。

「いろいはしめって、たいんかもしーないけろ、あしたかーよおしくね」

前半は捨てて大丈夫、後半に、明日からよろしくね、的な言葉が含まれていたと思うので、「よろしくお願いします」とそれに対するアンサーをした。

「色々初めてで、大変かもしれないけど、明日からよろしくね」と言ってくれたこの郷野さん。

まさかこの人に宿の手配、運転、精算、オンステージ以外のほとんどの全てをお世話してもらうことになるなんて、この時は露ほどにも思わなかった。

「あっあっあっあっあっ」

郷野さんが笑っている。

「あははははは」

我々も笑ってみる。

「んあ」

「えエと、はい」

「よおしく」

こわいこわいこわい。


朝が来た。

私の不安は郷野さん出現という不測の事態に伴う恐怖でほとんど払拭されていたが、両親はいまだに心配な模様。

それもそうだ、まだまだ一丁前を気取ったクソガキである。子供と言われればもう大人だと強がるくせに、大人と言われればまだ子供だと言い訳をしたがる年齢だ。その危うさにたまに自分でもヒヤヒヤしていたくらいだから、父ちゃんも母ちゃんも心配に決まっている。

玄関の扉に手を掛けているにもかかわらず、次々と飛んでくる言葉に私は頷き続けた。

はいはい、野良猫の後ろを付いていきません。

はいはい、白線の上だけを歩いて目的地を目指しません。

はいはい、美味しいお土産をたくさん買ってきます。

苦笑いしながら玄関の扉を閉めて、いざ。


二泊三日分以上の荷物をパッケージングすることなんて今まで経験がなかったので、あれもこれもと詰め込んだ結果、鞄は大きく肥大して形を変えていた。念には念をと一本早い電車に乗ったので一番乗りで集合場所に到着した。そこには機材車と思しき車があって、その傍らで郷野さんがどこで売ってるのか見当のつかない甘そうなジュースを飲みながら我々を待っていた。

私が挨拶をするより前に郷野さんは言った。

「んあ、ずいぶう、おおきあにもっだえ、あっあっあっ」

視線は私の鞄で間違いない。そして末尾は笑ったと見受けていいだろう。私は応えた。

「はい、これ新しい鞄です」

「むん」

郷野さんが眉と眉の間隔を狭めた。どうやら解釈を誤ったようだ。

「えエと、パンツは余計に持ってきました」

「むんんん」

だめだ、わかんね。

そうこうしてる間に柳沢、上杉、藤原さんも順次到着。郷野さんは揃った我々を確認すると運転席に乗り込もうと試みてどういうわけか一度断念した。バンタイプの車は運転席を少し高めに設置してあるのだ。郷野さんは太ももあたりにまとわりついたジーンズをグイッとあげて体勢を万全に整え、ようやっと乗り込むことが出来た。

郷野さんに続いて我々も車に乗り込み出発を待った。しかし郷野さんはエンジンを掛けたまではいいが一向に発進する兆しを見せない。それればかりか後部座席にいる我々を振り返り何かモゴモゴと一生懸命に言っている。

追記しておくと、郷野さんとコミュニケーションを取る上での問題は他にもあり、そのうちの一つが声量だった。彼の声は極めて小さく、そのボリュームはエンジン音に幾分か劣る。従って移動中の郷野さんとの会話はほぼ不可能で、重要なことはエンジンを掛ける前に伝えておいてもらわないといけない。この時も結局「ん?」「何?」「え?」を繰り返し続け、出発が一時間遅れた。

私が助手席に座り直して、いざ出発。

助手席の方が酔わないよ、と必死に伝え続けてくれた優しい郷野さんは汗だくでアクセルを踏み込んだ。

3

初めての土地での初めての経験。何もかもが刺激に満ちたこのツアーは、主に東京から西を回った。

全国で流通したということは、全国で聴いてもらえているということとイコールにはならない。たくさんのCDが世の中に放たれているその中で、メディアにも紙面にも話題にも出ないバンドのCDを買うなんてことはまず誰もやらない。なのでSUPER BEAVERというバンドを観るために会場に足を運んでくれる人はどの会場もほとんどゼロだった。リリースツアーと言いながらこれは、何バンドかが出演するその日にたまたま目撃してもらうためのツアーなのだ。

我々のことを今日の今日まで知らなかった人が一人か二人、オンステージした我々を観て盤を買ってくれる。盤とお釣りと感動を「また来ます」の一言とともに手渡しする。その日に音楽をやったのだという実感があった。

毎日が経験したことのないロングドライブの連続であったが、移動中の郷野さんとの会話をなんとか成立させようと悪戦苦闘し続けた私は、そこに集中するあまり少しも車に酔わなかった。そして一度も酔ってないことに気が付いてからは、たとえ郷野さんが無言でいたとしても車酔いの気配すら感じなかった。人間なんて単純だ、七割五分が思い込み。

メンバーと、郷野さんと、最低限の機材と物販。車内で我々は大喜利をしたり、対バンで仲良くなったバンドの音源を聴いて騒いだり、次はああしようこうしようの話をずっとしていた。

「今日のライブハウスでいつかワンマンしよう」

「いや、無理だろオ」

「何年後?」

「え、三年とか」

「いけるでしょ」

「やろうやろう」

こんな会話に花が咲いた。運転してくれている郷野さんはたまに大きな欠伸をしていたが、移動中我々はまるで眠くならなかった。

次から次へと街を移動し、その街のカプセルホテルに泊まった。本当にこんなところで寝るのかよ、と初めのうちは心の底から思っていたのだが、おじさんの匂いとおじさんのイビキとたまにおなら、上下に組まれた上半身を起こすのがやっとの蜂の巣みたいなカプセルに、我々が順応するまでそんなに時間は掛からなかった。ブーブー文句を言いながらも、その日のカプセルの良し悪しは話のいいネタになった。

その土地の名物を食べ、休憩に寄ったパーキングエリアでお土産を買っては渡したい人の顔を思い浮かべて、早く会いたいなア、とか少しセンチメンタルになったりしたこのツアー。

毎日学べている実感があった。音楽に学ぶという言葉はどうにもそぐわない気はしているのだが、驚いたり、不自由に感じたり、うまくいかなかったり。そういう貴重な機会に感じる心身の変化には、学ぶという言葉が一番しっくりくる。音楽というより人生に関しての実感かもしれない。

持ち時間の三十分を幾度も繰り返しながら、我々は少しずつ「バンド」というものを感じていた。

途方もないと思っていた日数は、途轍《とてつ》もない速さで過ぎ去っていった。

4

ツアーもいよいよ最終日。

過剰にドラマはなくとも、全員がしっかり無事で迎えられた最終日。あれもこれもと詰め込んで膨れ上がった鞄にお土産まで押し込んだものだから、鞄はファスナーが閉まらないほどにパンパンでコロコロだった。

探し回って見つけた、ライブハウス近辺で最も安い青空駐車場。送ってもらっていたタイムテーブルの入り時間には少し早く、持て余すことになった時間を我々はここで潰していた。

隣接するコンビニにメンバーは昼ごはんを買いに出向いた。あまりお腹が空いていなかった私と、既に得体の知れない謎の甘そうなジュースを飲んでいる郷野さんはタイヤ止めに腰掛けて、少し高くなったように感じる空を仰いでいた。大きな鳥がゆっくり旋回した見えない轍《わだち》を、ぼんやりと目でなぞる。

「何飲んでるんですか、郷野さん」

「ふにゅーる」

「あ、それフルーニュでしょ」

「むんん」

「今流行ってるやつね。桃のやつだ?」

「こえ、おいいい」

「へエ、そうなんだ。今度飲んでみようかな」

「んあ。あて、つぁーもそーそんおしゃいだえ。はしめっのつぁーおうだった?」

「んん。はじめのうちは不安でしたけど。なんだかんだ、凄く楽しかったです」

「そかア、しーびゃもすっかいのりももえーきになったえ」

「はい、お陰様でって感じです。ご心配お掛けしました」

郷野さんとの会話が成立しているのを見せたいがための一幕でした。彼との会話にもう想像力は必要なかった。いちいち脳内で変換する必要もなく普通にコミュニケーションを取ることが出来る。ちなみに私のみならず、ツアー中にメンバー全員がこのスキルを体得していた。我々は半端じゃないバンドだ。

のんびり横断する小さな雲がだんだんと千切れ、その欠片が時間を掛けて消滅する姿を眺めていた。

日は跨《また》ぐことになるだろうが夜中、ないし明け方には我が家か。

「しーびゃ」

「はい」

「んあ」

「なんですか?」

「やいきったえ」

なんだかこれまでの日々がいっぺんに蘇り、感慨深い気持ちになってしまった。空なんか眺めている時に不意打ちの「やり切ったね」はずるいじゃないか。グッときてしまった気持ちを悟られぬように、「まだ今日のステージがあるじゃないですか」と平静を装った。

乗り物酔いも、初のツアーも、なんだかんだ常に不安を抱えていた私を、郷野さんはずっと気に掛けていてくれたのだ。

まだ帰りたくない、かも。

こんな気持ちになるなんて想像すら出来なかった。人に言わせれば微々たるものなのかもしれないが、恥ずかしながら私ははっきりと自覚できる心情の変化を未だかつて経験したことがなかったのだ。

「ふにゅーる」

「フルーニュね」

「のむ?」

「いらないです」

「のむ?」

「いらない」

結果的に、ツアーは楽しかった。嬉しかった。

もちろん我々がツアー最終日に単独公演を打てるわけもなく、もらったのは今までと変わらず地元のバンドと対バンで三十分。

ステージに上がる直前、メンバーの顔を見て思った。仲間と何かをやり遂げようとしている

のはいいもんだ。一つを四等分に分け合うのではなく、大きな一つを四人で共有しているから
そう思ったのだと思う。
ちょっとグッときてしまってあたふたしている私の背中を、郷野さんは「いっておいれエ」
と押してくれた。

この三十分で我々に大きな変化はない。歌が上手になったり、バンドのグルーヴが確立され
たりなんてしない。しかし大きな変化はこういう三十分の積み重ねの上でゆっくり時間を掛け
て起きるものだ。
だから思う。この三十分が今の私を作った。

5

来た道を帰っているだけなのに、少し前と違って見えるのはどういうわけだろう。
重たい鞄が肩に痛い。それすらどういうわけだか嬉しかった。
玄関を開けるとうちの匂いがして、心が安らぐのを感じた。

「ただいま」

キッチンから母ちゃんが顔をのぞかせた。「おかえり、なんだか久しぶり」

父ちゃんがソファに座ったまま手を上げて見せた。「おう、久しぶりだな」

私は言う。「まア、久しぶりって言うほどそんな大袈裟なもんでもないけどね」

靴を脱ぐなり、玄関でお土産を広げて見せる。

一つ一つを手渡しながら、こんなことがありまして、あんなこともありました、と報告。格好つけて見せたが私にとって、久しぶりって言うほど結構大袈裟なものだったのだ。

その日、我が家の布団で寝られるのが嬉しいなんて感じるの初めてかも、と夢の入り口で思った。


久しぶりに聞く自宅の目覚まし時計の音。我が家の音だ、と感傷的にはならない。おそらくどんな状況であれ私は朝にそんな余裕を持てる性分ではない。バタバタと歯を磨いて、いそいそと着替えて、せかせかと家を出る。

昨日の感慨深い気持ちは、お土産と一緒に渡してしまったようだ。

定刻通り事務所に到着。昼過ぎの事務所で朝のような欠伸を遠慮なしに途中までしかけて、慌てて噛み殺す。

昨日終わったばかりのツアーに言い知れぬ達成感を覚え、走り抜けた行程を一つずつ思い出しながら一室のソファに腰を下ろした。反比例してまだまだ訪れる気配のない充足感に、これがバンドってやつかア、と両手を頭の後ろに回し背もたれに身体を預けたところで郷野さん登場。

「おあよ」

一本のツアーを通して毎日のように見ていたはずなのに、改めて本当にキャラクターのような人で少しだけびっくりした。身体を起こして挨拶。

「おはようございます」

郷野さんは首を回すと腰の辺りをボリボリと掻き、ずり落ちてきたメガネを直しながら部屋の隅にあるホワイトボードに向かってヨタヨタと歩いて行った。ペンを手に取ると、一心不乱に何かを書き始めた。芸術が爆発したのか、と少しだけ心配になり声を掛けた。

「郷野さん、なに書いてるんですか」

「むん」

話し掛けちゃ駄目だったみたいだ。

我々はホワイトボードに書き込まれてゆく日付であろう数字と、ずり下げたジーンズからほぼ全部が見えちゃってる郷野さんのお尻を眺めながらしばらく待った。

全てを書き終えたようなので、私はもう一度同じ質問をした。すると郷野さんは、なんでそんなことを訊くのか全く解せない様子で首を傾《かし》げた。

「つぁーすけゆーる」

数字の横に書き込まれているのは、おそらく会場名なのだろう。今回我々が回った土地の名前もそこに幾つか発見した。

「誰のですか」

郷野さんは眉と眉の間隔を狭めた。昨日まで回っていたツアーのおおよそ倍の本数のスケジュールが書き込まれたホワイトボードと郷野さんの顔を交互に見ながら、私も眉と眉の間隔を狭めてみた。

郷野さんはペンの先を我々に向けた。「んあ」

私は向けられたペン先を眺めた。「は?」

「きみあち」

このツアーを回ってみてわかったのだが、郷野さんの冗談はあまり面白くない。要点を押さえられていなかったり、共有し切れていない情報をもとに発信されるものが多いので、冗談の土壌がゆるい。

「いやいや、君たちって」

「あっあっあっあっあ」

笑っている人にこんなことを言いたくはないのだが、私は引き際が下手くそな人が苦手である。まじまじとホワイトボードを見てみれば、直近のスケジュールは二週間後になっている。

冗談じゃない。

「じょうなんじゃないかあね」

この人は人の心が読めるのか。「え、本当に?」私は言った。

「んあ」

私は勢いよく立ち上がって言った。

「聞いてないよ」

「いや、聞いてたから」

三人に同時に言われた。

初めてのことが多すぎて浮き足立っていたものだから、間髪容れずに次のツアーを回ること
にしよう、なんて言われていたことなど、これっぽっちも覚えていなかった。なので四十本に
も及ぶ次のツアーが会場も日程も既に決まっていることを知って、私は驚愕した。

「いや、聞いてないよ」

「いやいや、聞いてたから」

そう言うメンバーの顔を一人ずつ見つめ、郷野さんに改めて訊いた。

「え、本当に?」

「んあ」

「SUPER BEAVERのツアーですか」

「あたあしいつぁー」

「本当に？」

「よおしく」

こわいこわいこわい。

こうして初ツアーの倍の本数の次のツアーが、二週間後からスタートすることが決定した。

というか決定していた。

「だいじょんだよ、そんあしんぱしなくってエ」

「いや、大丈夫じゃないから」

「しーびゃ」

「うるせエ」

現場至上主義の礎が築き上げられていく。

第6章　メジャー期

つらい時があって、悲しい時があって、悔しい時があって。その時間を好きになれない自分がいる。出来ることならその時間ごとなかったことにしたい、とまで思ったりもする。

しかし好きになれないと、なかったことにしたいと思った時に不意に過《よぎ》るのは、その時間自分のそばにいてくれた人のこと、そしてそばにいなかったけど感覚的にそばにいてくれた人のことだ。

その人がいてくれたその時間を好きになれないと言いたくない、その人がいてくれた時間までなかったことにしたくない。

じゃア、どうする。

変えられない過去を嘆くより、変えられるかもしれない未来で、私はその過去のことまで愛せるようになりたい。

うまく出来るかどうかはわからない。でも、なんとかしたい。

そばにいてくれた人のために。そして、私のために。

「もうじきよね」

お茶碗にご飯をよそいながら母ちゃんが言った。

「何が」

「CD出るの」

「あ、うん、そうだね」

来月ソニーからメジャーデビューシングルが発売になる。しかもその楽曲は夕方に放送されるアニメのエンディングテーマに決定していた。

ヤマハの本社で、ソニーのオトナとメジャーデビューの話をしたのが昨日のことのように思える。少し前まで高校生をしていた私は「バンドやるんだけど、ちょっと歌ってみない?」と言うクラスメイトの言葉になんとなく首を縦に振った。初めてのオンステージを経験し、大会にも出た。インディーズで出した盤が全国のレコード屋さんに並び、全国ツアーも回った。そして、気が付いたらあっという間にメジャーデビューだ。

この状況を輝かしい記憶としてそのままパッケージし、何年か経った後、引っ張り出して眺めて懐かしんだりするという選択肢もあったのに、なんの因果か続けたその先でそれ以上のものを見たいと、稚拙ながらそう思い始めていた。

好きなものはあった、ただ夢中になれるものがなかった。そんな私が不思議なものだ。世の中、何が起こるか見当がつかない。

育成金というかたちで毎月少額ではあるがお金ももらっていたし、なんだかきちんと社会に属している心持ちもあった。大人の階段を一歩ずつ上っていく実感がある。きっとこのまま音楽でご飯を食べていくことになるのだろう。何せ、メジャーデビューだ。イコールで結ばれた先には「売れる」がある。人生は漠然とこんな風に形を成していくものなのだろう。

「たくさんの人が聴いてくれるといいねエ」

嬉しそうに言う母ちゃんを見ていると、何もしていないのにどうにも親孝行をしているような気になってくる。

勢いよくご飯をかき込み、二度おかわりをした。


二〇〇九年。いよいよSUPER BEAVERメジャーデビュー。


いくつかの雑誌に掲載された我々は、テレビ、ラジオの出演も経験した。

発売日は期待に胸を膨らませてレコード屋さんに出向いた。陳列された盤を見るのはどれほどに感慨深いものなのだろうとゆっくり上昇するエスカレーターの手すりを掴む手に力が入った。

目的の階に到着、レコード屋さんに我々の盤を見つけた。

陳列された棚をいろいろな角度からまじまじと眺めて「そうか、すごいな」と独りごちた。

一枚を手に取りレジに向かう。

お金を払って受け取った袋には我々のメジャーデビューシングルが入っている。そうかそうか。どこか嘘みたいで、少し現実味を欠いていて、左手で揺れる袋はなんだか軽かった。

アニメの放送日、テレビの前で待ち構えていると本当にスピーカーから自分の声が聞こえた。エンドクレジットにはSUPER BEAVERの文字、「ほウ」と言葉が漏れて胸のあたりで短い拍手をした。

「平均年齢二十歳」なんて触れ込みで全国流通をかけたインディーズ盤が発売されてから一年と少し。私は二十二歳にしてドンチキドンチキ鳴り物入りでポっと世に出た。デビューを飾ってから、特にメディアに出た直後は知人友人からの連絡で携帯電話は震えっぱなしだった。メンバーとも、なんかすごいねエ、なんて言い合っていた。

嬉しかった。もらったメールに一つずつありがとうを返す。

嬉しかったのだ。柳沢と上杉と藤原さんと私で始めたことが一つの形になった。

しかし。

嬉しかったのだが。どういう具合だろう、なんだか妙な心持ちなのだ。

解せないことが一つ。

このドンチキを鳴らしてんのは、一体どこのどなたでしょうか。

行く先々、誰と会話をするにも挨拶を一つするにも傍《かたわ》らには必ずオトナがいた。我々の言葉はオトナを一度中継してから相手に届き、相手から発信されるそれもまた、オトナを中継して我々に届いた。

雑味や灰汁《あく》や、嘘や世事から出るバリのようなものだって個人の象徴である。相手と共にしている空気、やり取りの中で掬《すく》いきれなかった残滓《ざんし》に手を伸ばして触れる勇気や優しさ、はたまた強引さ。オトナのフィルターを通してする会話や挨拶には、一切そういうものを感じることは出来なかった。

面と向かって、膝を突き合わせて、自分が話すことと相手に話してもらうこと。これが出来ずにフィルター越しのコミュニケーションばかりをとっていた我々は、しっかり滅菌された清潔な空気だけを吸い込んでは吐き出して、満足に風邪すら引いたことがなかった。

完璧に守られた条件下のみで成立する健康。実はそれは究極の不健康だった。

その日々の中で、まず最初に失くしたのは現実味。

四人でスタジオに入ったからライブがバシッと決まって楽しかった、とか。

膝を突き合わせて決めたセットリストがうまくはまらなかったから悲しかった、とか。

自分で描いて自分で刷ったフライヤーだから貰ってもらえて嬉しかった、とか。

大切な人が自分たち以上に悔しがる姿が何より悔しかった、とか。

事の起こりから結果に行き着くまでを自分たちで懸命に過ごしてきたからこそ、尊くて大切だと思えていたのに、心が動いたのに。今の自分たちはどうだろう。

長時間に及ぶインタビューの主旨を理解していない。

紹介されたきり二度と会うことのなかった偉そうなおじさんの正体がわからない。

テレビで歌唱させてもらえたきっかけを知らない。

そういったものが、ほとんどになった。

ここにいる自分が、ここまでどうやって来たのかわからない状況は、リアルじゃなかった。

ずっと階段だったから自分がどこにいるか理解出来ていたのに、外から操作出来るエレベーターに押し込まれて降りてを繰り返した結果なんの味気もなくなった、といった具合だった。

私が一番畏怖《いふ》する感覚〈まア、こんなもんか〉を抱いて尚、違和感以上の危機感を感じることは出来なかった。


次に失くしたのは楽しさだった。

多分これが致命的だった。『楽しい』が崩れたら、音楽に限ったことではないが、それである必要がない。それをやる理由の基盤でも要素でも構わないが『楽しい』は必要不可欠だ。

『楽しい』は自分のためであっても人のためであっても、自分のものだ。

それなのに、我々は楽しさを放棄する結果になった。言われたことをただやるというのは受動的で、百歩譲ってその状況を受け入れなければならなかったとしても、言われたことの中にある真意くらいは能動的に探すべきだったのだ。

運ばれるように流れていく時間の中で、言われたことがそのまま合意したという形で決定事項となり、一つ一つが実現されてゆく。そこに当事者である自分たちの姿は見切れるような形でしか存在出来なかった。唯一、我々がとった行動は苦笑いを浮かべることだけだった。

楽しいから音楽をやっていた。自分たちで音楽をやっているから楽しかった。

音楽をやっていたから楽しかった。自分たちが楽しかったから音楽をやっていた。

きっとこれは何よりも、忘れてはいけなかった。

現実味と楽しさをすっかり失くした我々に対して、いつしかオトナの「これをやってみたら?」が、「これをやりなさい」になり、「これをやれよ」になった。

変だと思った時にはもう遅い。随分と妙な関係が構築されてしまって手も足も出ない。三時間寝れば人間は生きていけると言われた我々は、三ヶ月間休み無しなんてのもざらでみるみる憔悴していった。

「音楽とは?」

こんな疑問が顔を出すが、そんなこと思ってしまったら一番に傷つくのが自分だとわかっていたので、気配がする度に自分で滅していた。

　メジャーデビューして半年も経たないうちに、いいものを作ることより、オトナを満足させることが第一になっていた。オトナを頷かせなければその先に進めないというところからスタートして、いつの間にかそこを突破することこそがゴールになってしまっていた。「いいものが出来た」と満足げに頷くオトナを見て、「本当は私は」と切り出せない自分が虚しかった。

　やっとの思いで作り上げたものを、意図も満足に伝えられないまま片っ端からぶっ壊されることにも慣れなければならなかった我々にとって、個人の思考とかそれぞれの意志とか、そういったものはほとんど必要とされなくなっていた。

「結果が出ないのはお前のそのスキニーズボンが原因だ」と言われ、渡されたダボダボのズボンを、私は何の疑いもなく穿いた。疑うことは無駄なことだと思っていた。

　自分が今何をしているのかうまく判断がつかなくなり、混乱状態が通常になっていたので基本的に何をしても怒られた。本当に毎日、何かする度に怒られていたので、この支配からエスケープする術だけを考えていた。まア考えていただけで実行に移す度胸などもなかったのだが、考えれば少しだけ楽になれた。

　どうせ何をしたって否定されることはわかりきっていたのでスタジオには行きたくなかった。ボーカルブースのヘッドフォン越しに二時間罵倒されたのち、課題として挙げられた曲を五十回聞かされたりした。

そういう時は意識を遥か彼方において、過ぎる嵐を無感覚でやり過ごすように〝無〟でいる。それが最良の方法だった。

それでもスタジオには行かなければならないと思っていたのは、これが私の仕事だと、これでも私の大好きな音楽だと信じていたからだ。

この辺りから友達、そして両親に心配されるようになる。

「どうしたの」

に、

「何でもない」

と、嘘をついた。

これは正直、堪《こた》えた。

2

六月にファーストシングル、八月にセカンドシングルとミニアルバム、九月にサードシングルをリリースして、次はフルアルバムの発売を十一月に控えていた。

相変わらずのスケジュール、エスカレートする罵詈雑言に加え、筋の通らない話が増えた。

製作中のスタジオ、ソファに浅く腰掛けた私は全てが麻痺して身も心もスカスカだった。

理想とか希望は特になし。味のしない晩御飯を無言で食べながら、毎日ただ早く帰りたいと思っていた。

着手していた曲が完成したのでみんなで聴くらしい。ようやくの完成であるにもかかわらず他人事のようにしか感じられない。やがて音が流れる。しかし鼓膜が震えているという感覚のみ。

それなのに次第に歌だけが不自然な形で浮いて聴こえてきた。誰の声だかはっきりしないが、間違いなく自分の声なのだろう。心と気持ちと言葉と音と、重なる箇所が一度も見当たらずとても気持ちが悪い。私の声で歌う、私自身のふりをした何か。耳から入ったそれが脳みその深部で渦を巻き始めた。

これが私の仕事、これが私の大好きな音楽、これが我々の音楽。

言い聞かせ続けたその一瞬、私自身のふりをした何かの隙間で今まで滅し続けてきた疑問の気配がした。しかし、この時、私はそれを滅しなかった。

「音楽とは?」

ありのまま受け入れた。心の底から傷ついた。

若輩ながら、人生も、生活も、大切な人たちも、何もかも全部に結びついてしまった。

「お前の歌聞いてて思うわ、お前本当につまんねエ人生送ってきたんだろうな、くだらねエよな」昨日歌を録っている時に言われた。

私は、なんであの時、謝ったんだ。

隠すつもりでいた本心が、偽るつもりでいた心根が、全て露呈して崩壊したのがわかった。

プッツンした。

まじでこういうことか、ってわかるくらい生々しく、自らの中で張り詰めていた何かが切れるのを感じた。

数分後、倒れて嘔吐、救急車。


無だった。ストレッチャーの上で病院の天井をただ眺めていた。

これだけ腹が痛いのに、レコーディング現場に今日は戻らなくて済むと思うだけで安心している自分に驚いた。

無様すぎて、まるで笑えない。

メジャーデビューという言葉を聞かされたあの日から徐々に辛くなってきちゃったよなア。

初めは違ったんだけどね、徐々に。メンバー同士大笑いし合えるバンドだったのに、柳沢と上杉と藤原さんとも、ここ一ヶ月くらい会話らしい会話もしてない。みんなそれぞれに辛かっただろうに。フロントマンが駄目になっちゃ、ざまアないね。申し訳ない。ごめん。

そんなこと考えてたら、知らせを受けた母ちゃん到着。

急いで来てくれた母ちゃんからは外の匂いがした。

「どしたの。あんた」

目から水出た。


久々によく眠った翌朝。

「おあよう」

枕元に立っていたのはマネージャーの郷野さん。何だか心の底から安心した。そして縋りつきたい気持ちにもなった。郷野さんは私の顔を心配そうに覗き込んだ。

「しーびゃ、だいじょん?・」

「大丈夫、じゃないかも」

「んあ。そだね、だいじょんじゃないおね」

「あの、郷野さん、やっぱり」

郷野さんは全てをわかってくれていながらも続きを待ってくれている。長い長い沈黙の意図を汲んだ郷野さんが背中を押してくれた。「どしたー?・」

私は言った。

「音楽辞めさせてください、すみません」

考える時間をくれでも、少し休ませてくれでも、ましてやバンドを辞めさせてくれ、でもなかった。音楽をもうやりたくなかった。今まで大好きだった音楽を取り返しのつかないくらい大嫌いになってしまうのが本当に怖かった。

「だよね」

多分メジャーデビューしてから初めて口にする本音だった。何度も頷く郷野さんの、私のための寂しそうな作り笑いが、苦しかった。


三日間の入院。

退院の日、「十分休めただろうから今からスタジオ来い」というオトナからの留守電を無視して、私は事務所の社長や知っている人に独断で片っ端から最後の挨拶に行った。郷野さんはそれを咎《とが》めず、幾つかの場面にただ黙って立ち会ってくれた。誰にも引き止められなかったのは、もう使い物にならないボーカルだと、その場で悟られたからだと思う。

挨拶回りがひと段落して、ぼウっとしていると。郷野さんが私に言った。

「いちばんだいじなこと、てゃんとしなくちゃ、だめらよ」

「え」

「しーびゃ、めんばーとはなさなきゃ。よにんではじめたんでしょ？」

これを言われた時の背徳感は過去最高のものだった。そんな大事なことすら頭から抜けてしまう程に恣意《しい》的に動いた自分が恥ずかしかった。使い物にならなくなってしまった事実よりも、メンバーに筋を通さなかった自分が何よりも格好悪かった。

郷野さんに頭を下げ、話をする場を作ってもらった。


数日後、郷野さんがメンバーを招集し三人と対峙出来た。話し合いの場を当事者以外に作ってもらわなければならないくらい我々の関係性は擦り切れる寸前だった。

各々がそれぞれの形で葛藤を抱えていたのは明白だった。いざ膝を突き合わせてみると言葉が出ない。それでも、ここで終わりになるとしても、話さないことには始まらない。

勇気が必要だった。四人で始めたことだったから尚更だったのかもしれない。

意を決して口を開いた。暗闇に目が慣れるまで半歩ずつ進むように、本心という手がかりだけを頼りにちょっとずつ話した。納得してもらえるかどうかの前に、理解してもらう必要がある。

どれくらい時間を要したかは定かではないが、かなりの時間を費やしたと思う。音楽を辞めたい、という気持ちを聞いてもらった。

それから随分と沈黙していたような気がする。短いなりに本気でやっていたことが、こうして終わろうとしているのだから当然だと思う。始めることより、終わらせることの方が、如何《いか》なる場面でも容易くはない。

メンバーに対して本当に申し訳ないと思った。しかし、これ以上続けることはメンバーに、そして私自身に、何よりも申し訳が立たないと思っていた。

やがて本当に少しずつ。私以外のメンバーも自分の気持ちを言葉にし始める。各々がゆっくりと、おしまいを意識していた事実、限界を感じていた理由を話し始める。それはもちろん共通するものではなくそれぞれの角度ではあったが、しっかりと本心だった。

柳沢のベクトルで話す。

上杉の視点で話す。

藤原さんの切り口で話す。

終わりの話をしているのに何だか嬉しいと感じてしまったのは、久しぶりに同じところを見て話が出来たからだ。

バンド名を考えたり、スタジオの日程を決めたり、セットリストを決めたり、ああでもないこうでもないとバンドの未来を話したり。

それらとはもちろん違うのだが、バンドってこうだったよなア、とこんなタイミングで思うなんて実に皮肉な話だ。

しかし。長い話し合いが続くにつれて、四人は徐々に気が付き始める。

四人で始めたことを四人で動かぬまま終わらせる違和感。この結果が自分たちが至らなかったというそれだけが理由であると断定するには尚早なのではないかという疑念。そもそもこの結果の本質。

我々四人は惨敗した。SUPER BEAVERは負けた。オトナと社会と、面と向かって戦うことすら出来ずに敗北した。

これはどう取り繕っても覆ることのない事実である。

しかし要するに、ただそれだけ。

負けが終わりの理由になるのは、結局自分が諦めたから。

何年か経って振り返った時に、やれることはやった、と自分に胸を張れるだろうか。戦い抜いた、とそこまでの過程を笑って誰かに話すことが出来るだろうか。このまま、引っ張り出して眺めて懐かしんだりするための過去になってゆくことに、本当に後悔はないか。

だから。長い話し合いが続くにつれて、四人は徐々に思い始める。

もう一度好きだったあの音楽がやりたい、それが何度も躓《つまず》いて幾度も転ぶような困難な道であっても、好きだったあの音楽をやった先で笑いたい、と。

今は、逃げないために、逃げるべきだ。

四人は思った。

今に見てろよ、の捨て台詞を残して、尻尾を巻いておめおめと逃げるのだ。逃げおおせて、ちゃんと悔しがるのだ。このままじゃ愛せない後悔をしっかり抱えるのだ。

逃げるのは格好良くないことだと知ってるから、格好良くなかったで終わらせないように、逃げた過去を抱きしめられる未来にするため、今からまた四人であの音楽を始めるべきだ。それがどれだけ時間が掛かるとしても。


結論。

そのために今は逃げましょう。四人で。


「なア、俺たちでバンドやろうぜ」の心境だった。衰弱しきっていたがこの時の四人は間違いなく強かった。

望む景色は進まないと見えないこと、進むためには歩かなければならないこと、歩くためには前を向かなければならないこと、そして前を見るためには自分で望むこと。そんな当たり前を再認識して、四人はもう一度集結し直した。

更地にする。というか更地になる。それでも我々は絶望しない自信があった。何を築こうか、と期待する力もまだあった。

再び歩み出そうとする我々のその傍らで、優しく笑った郷野さんが得体の知れない謎の甘そうなジュースを飲んでいた。

「んあ」

3

首を切られる覚悟で「もう今の状況のままやっていきたくありません」という旨をソニーのオトナにしっかり伝えた。

ちなみに、私が先陣を切ったわけではない。重ねられた心労、初めての入退院、先日行われたメンバーとの話し合いの結果、全てを使い果たしてすっからかんになった私はもうお麩《ふ》みたいだった。身体を揺らせば辛うじて残っていた生命エネルギーがカラカラと、民族楽器よろしく乾いた音を立てた。

なので、お麩になった私に代わり、我々から生まれた正真正銘の決意を伝える劇的にシリアスな幾多の場面では、柳沢が、上杉が、藤原さんが、先陣を切ってくれた訳である。

様々な人と何度も話し合うことになったが、どの場面もまず藤原さんが「こんなんになっちまったじゃねエか」と私を指して凄み、それを合図に上杉が私を揺さぶりカラカラと大きな音を鳴らすところから始まった。相手はこの時点でどうにもならないことを悟るので、話し合いはいたってスムーズに我々の気持ちを伝えるだけのものになった。話し合いが終わるとすぐに、柳沢が私をひょいと小脇に抱えてそそくさとその場を後にした。

気骨のあるメンバーのおかげで私には回復の兆しが見え始めていた。三人の思いやりと意志を感じることが出来たからだと思う。

それからまた少し時間を掛けて、ようやくお麩ではなく人間として私が参加出来るようになり行われたオトナとの話し合い。私は始まってから終わるまで、彼らが失敗という形で着地させたくない、というその一点を軸に話をしているように感じていた。しかもそれはSUPER BEAVERのためではなく、他の誰かのために。悲しいことに、我々の音楽を愛して、我々の音楽を誰かに聴いてもらいたいという気持ちはどこにも見つけることが出来なかった。今の状況のまま音楽が出来ないというバンドの姿勢は変わることがなく、結果的にこれが最後の話し合いとなった。

保身のために愛想笑いを浮かべ、思い通りにならないことがわかると激昂《げきこう》し、結果的に迎合した様子で謝って見せたりするその姿は私に、何があってもこうはなるまい、と決心させた。

卑下しているわけではなく客観的に見て、自分たちが結果の出なかった商品であることは自覚していた。なので、その場ですぐに首を切られるかと覚悟をしていたのだが、ありがたいことに、自分たちの作ってみたいものを最後に作ってごらん、とソニーから恩恵を頂けた。

チームを再編成してもらい、四人の主導で最後まで進めていいと約束してもらった。今までの自分たちとこれからの自分たちをしっかり繋ぐべく、やりたいと思ったことを愚直なまでに詰め込んだ。メジャーデビューからこの時までで製作費や宣伝費はほとんど底をついている。お金はかけられない。しかし、この状況下で作り上げられていくアルバムはSUPER BEAVERというバンドが、ここから始まっていくんだという予感を孕《はら》んでいた。

ようやく完成したアルバムには血が通って見えた。だから全ての気持ちの集大成としてセルフタイトルを付けた。『SUPER BEAVER』というアルバムが完成した。

二〇一〇年に出したこのアルバムが大ヒットし、契約はめでたく延長、大逆転のドラマになった。

なんて、映画の中で生きていない我々には起こるはずもなく。SUPER BEAVERはメジャーレーベルを離れる結果になった。

それでも最後にこのアルバムを作れてよかった、と心から思った。

四人だけになった。

事務所もレーベルが決めたところであったため、我々は所属するところがなくなった。本当に四人だけになった。

さて、再起だ。

開放感に触まれず、しっかり地に足をつけてやろう。挨拶すらまともに出来ていなかったライブハウスに自分たちの足で挨拶をしに行こう。ちゃんと話せなかった数々のバンドにもう一度対バンをお願いしよう。出るだけ時間の無駄だと言われてきた打ち上げに全部参加しよう。

今まで出来なかった、そしてやらなかったことだから、今からは自分たちでやろう。

今より楽しいと感じるために貪欲になる。今より楽しいと感じてもらえるように欲張る。

差し伸べてくれた手は全部掴んで、いつかは自分たちが引っ張っていけるようになる、そう決めたのだった。


結成してすぐにメジャーの匂いを嗅いだ我々は、オトナを、そして社会とか世間ってものを、無自覚に舐めてたんだと思う。

ヤマハの本社で話したあの日、知らない世界のヌルヌルして本質の掴めない話に、とりあえず足りない頭をカクカク頷かせていただけだった我々は、頷かないよりは頷いた方がいいだろうと本気で思っていた。

とりあえずで頷くことは危ない。理解と納得のないところから進められた物事は、派生していくにつれて取り返しがつかなくなると学んだし、とりあえずで頷くことが癖になることも学んだ。

往々にして身になったと感じられることは、楽しいことではない。これも例外では、ない。

『楽しい』は、守ってあげたい。
『楽しくない』は『楽しくなかった』にして抱きしめてあげたい。

誰のためか考えるなんて一千年早い、お前がやりたいんだろ。忘れるな。
地に足つけてバンドマン。
SUPER BEAVERメジャー挑戦、堂々の失敗。

第7章　アルバイト

1

メジャーレーベル在籍中、どこへ向けたらよいものかと迷走させていたベクトルも、とりあえずは思うがままに、まずは自分たちが楽しいと思えるような環境を作ることから始めた。時間こそ掛かったが精神力、体力共に回復してきた我々は、本格的に音楽を取り戻すための日々を奔走していた。

圧倒的に楽しかった。誰も面倒を見てくれない状態、誰もケツを拭いてはくれない現状にもかかわらず、責任も結果も一手に背負える状況が楽しかった。我々の音楽を我々が届けるために我々が動く、なんと健全な音楽の在り方だろう。

しかし、どういうわけか何かが足りなかった。

明らかに以前と比べて不自由なのである。精神的な何かとは違う、もっと具体的な欠損感。その何かが足りないと、なんだかどうにも生きにくいのである。

それはアイスが食べたくなって立ち寄ったコンビニでの出来事だ。

ポケットに小銭が数十円しかないことが明らかになる。札を崩すことに対してなぜか昔から抵抗がある性分ゆえに、少し躊躇してしまったが既にレジ前であった。レジスターの緑色のディスプレイに金額が表示されてしまってから、やっぱりやめますはどうにも格好がつかない。渋々取り出した札入れに指を突っ込み、一枚出したそれはレシートだった。

「あはは、すみません」

ありがちな展開だが、うんざりした顔を見せず愛想よく微笑み返してくれる店員さんに会釈を一つ。私は彼女に改めてお札を渡した。

まだ夏というには少し早かったが、ここ数日はさながら夏の様相で過ぎていった。しかしこの日は夕方過ぎから気温が下がり始め、陽が落ち切ったこの時間には心地のいい風が吹いていた。少しだけ遠回りをしてゆっくり歩きながら家に帰ろう、とそんなことを思った。

こんな些細な思いつきを企てるのも久しぶりな気がした。気持ちが落ち着いてきた証拠だ。根詰めた日々の中で、自分たちは思うように音楽が出来なかったが、これからはやりたいことをしっかりとやっていける気がしていた。おそらく一度メジャーから落ちてしまったバンドの行末は楽なものではないだろうが、それも覚悟の上だ。四人で、バンドとして、地に足をつけてしっかりやっていこう。

「あの」店員さんが困ったような顔をしてアイスとレシートを差し出していた。

思いを馳せていたら、どんどん考えが飛躍してしまった。ここがコンビニであるということがすっかり頭から抜けたまま、しばらく思いに耽《ふけ》ってしまっていたようだ。

「あ、すみません」

軽く頭を下げて、受け取るべく手を伸ばした私であったが、目の前の店員さんを見て思いとどまる。ありがちな展開に今度は私が微笑んであげる番だった。

「あの」

「はい」

「お釣りもいただけますか」

私がそう言うと、アイスとレシートだけを差し出したまま、店員さんは困ったような顔をして言った。

「あの、というか、お金を頂戴してもよろしいですか?」

「はい?」私は微笑みを引っ込めた。

「お金を」

「今渡しましたよ。あなた守銭奴ですか?」

一体何を言っているんだろうか、この店員は。今しがたの出来事であるというのに、すっとぼけたようなことを言って私を欺《あざむ》けるとでも思ったのだろうか。

「いいえ、あの、今頂いたこちら、レシートでして」

よくよく見ればなんだか彼女は世間を馬鹿にしたような瞳をしている。こういう人間は往々にしてきわめてお金に貪欲なことが多い。私はうんざりして店員の手からレシートを引ったくった。視線を落とすとそこには昨晩食べた牛丼屋さんの店名が記載されていた。

何やら少しだけ不穏な空気が流れ始めた。私は全くもって納得していませんよ、という気概を身体の全面に滲ませてその空気を無理やりかき消した。鼻から大袈裟にため息を吐き、店員を睨みつけながら再び札入れを取り出した。

しかしそこに指を突っ込んで触れるものはどれもみなレシートであった。

「あの」

状況を察した店員が私に声を掛けた。私は札入れから目を離さず応えた。

「なに?」

「こちら」

「何が」

「どうされますか」

店員は結露し始めたアイスを指して言った。片っ端からレシートを引っ張り出して丁寧に一枚一枚その間を探ったが、レシートの間に挟まっていたものもまた、レシートであった。

私は咳払いをして、軽く微笑んだ。

「失礼。時にお姉さん、このあずきバーだけどね、この商品の硬さには実は秘密があるって知っていましたか? メーカーの井村屋さんがね、ぜんざいをそのまま」

「お引き取り願います。次の方どうぞ」

「要するに原材料が」

「次の方どうぞ」

遠回りなどせず真っ直ぐ帰った。涙の跡を乾かした六月の風はこの時期にしては冷たく、寂しい懐は心をそのまま表しているようだ。まだ自分の出番だと春が意地を張った夜に、私はお金が足りないことに気が付く。

2

メジャーレーベルを離れるということは即ち、お金をもらっていたところから離れるということになる。その当たり前がすっかり頭から抜けていた。

冷静に今の状況を整理してみると、実家住まいで労働をしないままやりたいことに向かってひた走る今の私は、前向きなニートだということが明らかになった。

打開するのにやることは一つ。勤労スレバヨシ。

とりあえず昨晩の私のような惨めな思いをメンバーにして欲しくなかったので、働いた方がいい旨の報告をしたのだが、私以外の三人は既にアルバイトの面接すらもパスしているという事実を告げられる。抜け駆けされたのは生まれて初めてだったので傷ついた。

聞くところによると、柳沢はハンバーガー屋さん。上杉はラーメン屋さん。藤原さんは柳沢とは違うお店でハンバーガー屋さんになるということだった。

それぞれに「あっそ」とつっけんどんに返したのだが、これからアルバイトをする実感が湧いて少しだけワクワクした。本来であれば、働かなければいけない、と宿命的に捉えてもおかしくなかったのだが、今までの抑制され続けた生活の賜物か、責任を担えることにすら高揚感を覚えたのだ。

稼いで、暮らして、歌う。自分と生活と音楽が結びつく予感に、あるだけ持ってきた求人情報誌のページを捲《めく》る手が止まらなかった。気が付けばすっかり夜、電話をするのは明日にしようと雑誌を閉じる。

高校生以来のアルバイト。稼ぐぞ、と意気込んで早寝したその日はお金のプールで泳ぐ夢を見た。クロールだった。

翌日、体育座りの私の隣に転がるのは携帯電話。

私の視線の先には、涙で輪郭のぼやけた両膝と、期待で折り曲げたドッグイヤーが虚しい求人情報誌。

一つ目のコール、ダメだった。固定シフトじゃないと雇えないと言われた。

二つ目のコール、ダメだった。男はいらないと言われた。

三つ目のコール、ダメだった。番号を間違えた。

目星をつけていたお店の冷たい電話対応は、あっという間に私の心を折り曲げた。

二時間後なんとか自分を奮い立たせ、新たに見つけた三つのお店にすぐさま電話を入れるのだが、にべもなく断られる。

いよいよ足腰の立たない状態になり、最後の力を振り絞って探し当てたお店に泣きながら電話をかけるとついに、「面接においで」と言ってもらえた。

うつ伏せ状態のまま、安堵のため息が漏れた。目の前で小さく表紙を揺らした情報誌に向かって、もうお役御免となってくれ、と呟いた。


二日後の面接、エリアマネージャーと店長のダブル面接。

二十分ほどの面接を終えるとドッとくたびれた。きちんとした面接というのは初めての経験だったので肩に力が入ってしまっていたのだろう。

見つからないように静かにため息を吐く私を、二人が見送ってくれた。店先で店長が笑顔で言った。

「お気持ちはしっかり頂戴しました」

その隣で笑うでもなく、無表情というわけでも愛想がないわけでもなく、終始同じ表情を携《たずさ》えていたエリアマネージャーが、最後に言った。

「君は」

「はい？」

私が反応すると彼は続けた。

「この店じゃないと思う、きっと」

ガ―――ン。

背中を丸めて帰った。

うつ伏せ状態で打ちひしがれていたその日の夜、どういう風の吹き回しか採用の旨の連絡をもらった。

「絶対に不採用だと思っていたんですけど」

半ば絶望していたので私は、覇気のない声で電話の向こうの店長にそう言った。

「うん、同じく思ってた」店長は笑いながら言った。「渋谷くん、店出る間際にマネージャーにさ」

「はい、この店じゃないと思う、って言われました」

「それに渋谷くん、なんて返したか覚えてる？」

「そこをなんとか、って言いました」

「それがよかったらしいよ」

なんだ、それ。

私は居酒屋さんになった。

3

さて、先月で齢二十四。これを機に私は一人暮らしを始めることにした。

正直、東京で生まれて東京で暮らしていく上でわざわざ実家を離れる必要があるのか悩んだ。恵まれた環境であることを有効的に用いることも考えたのだがしかし、自分の精神性や未熟な部分を補うには一人で暮らすことが一番かもしれないと思うに至った。

一つ行動を起こす度、実家で生活させてもらっていたことのありがたさが身に染みた。帰って来た時に電気がついていないのは寂しいし、ほこりは想像よりも早く溜まるし、水回りを綺麗に保つことは大変だし、「ただいま」を言うことはあっても「おかえり」を言うことはなくなるし、そして両親は尊い。

気が付けてよかったことばかりだ。生きているという実感と、生きていくという覚悟と、生かされているという認識が、今までと違う気概を生むきっかけになったと思う。

アルバイトを始めた四人は、スタートラインに立てた気がした。

誰かと比べれば遅いのだろうし、誰かにとっては一度も立つことがないかもしれないスタートラインだが、必然的なタイミングというのはきっと誰にでもあるのだと思う。誰と比較するでもなく、いつでも自分が成さねばならないタイミングで。

柔軟剤は洗濯物の上にただぶちまければいいと思っていた私が、ようやく間違いに気が付くことが出来た夏。不穏な空気を感じてか、蝉はまだ沈黙を貫いていた。


「クビになった」

そう言ったのは藤原さんだった。

「え？」

柳沢と、上杉と、私は一斉に眉をひそめた。藤原さんの眉毛は八の字だった。

「見た目、ですか」

私は訊いた。藤原さんは黙って首を横に振った。何と声を掛けたらいいのかわからない。

黙ったまま、察してくれよみたいなスタンスを貫かれても私は困る一方で、そういう人に限って言葉を選んで寄り添ってみようとすると、あなたに何がわかる的なことを言い出すから本当に厄介。それじゃアと思ってほっといたらほっといたで、冷徹だとか非人道的だとか前触れもなくヒスったりするのでほとほと対処に困る。

黙る当人はその位置を保持しながら、こちらの塩梅《あんばい》で付かず離れずをやらなきゃいけないなんて合点がいかない。

柳沢と上杉は、どうにかしてあげたいというような目で藤原さんを見ていたが、私はメンバー四人のアルバイトが決まったという調和を乱されたことが許せなかった。そしてメソメソしっぱなしの藤原さんのせいで、折角入ったスタジオの時間もどんどん過ぎてゆくことにもまた、憤りを感じ始めていた。

彼の小さく震える肩を冷めた目で眺めていたら、クビになった原因がなんとなくわかった気がした。

この際だから色々はっきりさせておくのも彼のためだろう。この先長くバンドをやっていくにあたり、枷《かせ》になりそうな危険因子を排除させるという意味でも、私はガツンと言う必要があると思った。

「年齢ですか」

私が訊くと、藤原さんは声を震わせながら小声で言った。

「だから、俺は二十三歳」

「それだよ」思った通りの答えが返ってきたので、私は間髪容れずに言った。「仕事が出来る出来ないとか、そういうことよりバイト先からの信頼を得られなかったのが一番の理由なんじゃないですか。まさかとは思うんですけど履歴書とかにも二十三歳って書いたわけじゃないですよね？　それ結構やばいですよ。年齢詐称って違法性の程度は低いかもしれないですけど、人を欺くのにそもそも大きいも小さいもないですから。あと騙すことって一度身体に染みついたら桃の染みくらい落ちにくいものなんですよね、知ってました？　あ。あと、あなたさ、結局のところ歳は幾つなの？　冗談だとしたら長過ぎるし、どだいまず面白くないんですよね。あなたの本当の歳ならそれくらいはわかるでしょ」

一息で言うと、藤原さんは声をあげて泣きだした。柳沢と上杉は、藤原さんの肩に手を添えて、非難するような目で私を見ていた。

なんでそんな目で見るのか、私には意味がわからなかった。聞こえても構わないと思って大きく舌打ちをした。

4

程なくして藤原さんの新しいバイトが決まった。

ピザ屋さんだった。ピザ屋っぽくない名前の変なピザ屋さんだった。

具を挟む仕事をクビになった男が、具をのせる仕事に就いた。

音楽でご飯が食べられるのが多分一番いいに決まってる。ただそうやって生活が出来ない状態にあるのだとしたら音楽活動とアルバイトは切っても切れない関係にある。長く続けば続く程、いつまでこんな生活なんだろう、と不安になるのだろうが、それより私は、こんな生活が当たり前だと思ってしまう日が来てしまったら、という恐怖の方が大きかった。

これによって培われる反骨心や、向上心、団結力、そういった類の強いエネルギーが自分の身と骨になっていくことも間違いないとも思うのだが、湾曲して、こじらせるとかなり厄介なものになりそうだった。

もちろんアルバイトそのものが身になることだってあるのも間違いない。ただここで得られる満足感はまやかしに近い形をしている。私がどれだけ早くレモンサワーを作れるようになっても、片手でたくさんのお皿を持つことが出来るようになっても、直接的に音楽には関与しない。

それでも。今はやるしかないのだ。今の自分たちを俯瞰的にしっかり眺めてやることをやらなければ、進むことは出来ない。

いつかは音楽一本で、ご飯を食べたい。いつしか我々の音楽一本で誰かにご飯を食べて欲しい。

これが私の原動力。

店内を縦横無尽に動き回り、オーダーを打ち込み、料理の説明をする私は本当の姿ではないが現実の姿だ。

時給千百円。お金は落ちてないし、湧いてこない。私は懸命に働いた。

掃除機のフィルターをきちんと掃除すると吸引力が格段に上がるということに気が付くことが出来た夏の真ん中。昨日よりも幾分涼しい暗い夜に時期を誤ったコオロギが一匹、誰に聞かれることもない歌を小声で歌い出した。


「クビになった」

そう言ったのは藤原さんだった。

実は、藤原さんが安心して働けるアルバイト先が見つかりますように、と私は気が向いた時だけお祈りしていた。藤原さんを泣かせてしまったあの日のことを若干反省しての行いだった。それなのに。

願いが通じたあの夜、私は親切なピザ屋さんに深く頭を垂れて感謝の意を表したのだった。それなのに。

私はうまく言い表せないが裏切られた心持ちであった。人の想いを知ってか知らずか、この男は。

「なんでですか」私は訊いた。

「バイト先が」

「バイト先が何？」

「潰れた」

驚いた。なんか、この人やべエんじゃないかと思った。こういう星の下に生まれた、と身も蓋もない表現を私は蔑視していたが、あり得ない話ではないのかもしれない。しかもしまいには、店が潰れたと言い始めた。きっとこの人の中には、抗えない大きな力が渦巻いているのだ。ただ往々にして、『怒られた』と表現する人に『怒らせた』自覚がないように、『店が潰れた』と表現する彼が『店を潰した』可能性は排除出来ない。

星とか不可抗力とかの前に、真相を究明する必要はありそうだ。私は努めて冷静に訊いてみた。

「なんで潰れたんですか」

「わからない」

「わからないことないでしょう、アルバイトとはいえ店は話す道理があるでしょう」

「ぶーやん」

「何」

「わからないいんだよ」

「いや、わからないの一点張りじゃこっちはもっとわからないじゃないですか。原因がないのに潰れるなんてあり得ないんですよ。金銭なのか、利権なのか、健康状態なのか。他にだっていろいろあるでしょう」

「はい」

「はい、じゃなくて。イエスかノーかの質問をしているわけじゃないんですから」

「いや、だからア、泣くなってエ」

「はい」

「いらない相槌打ってないで、原因を教えてくれって言ってんの。自分が店に携わった短い時間で店が一つ消滅したんですよ。かなりの大事ですからね。あと正直、潰れたって言ってますけど、甚《はなは》だ疑問ですね。潰した、の間違いなんじゃないですか。どうせこの前みたいにあなたに原因があったんじゃないですか。胸に手を当てて考えてみてくださいよ、そういう認識の甘さが——」

言ってる途中で左の頬にゴン、と何かが当たった。

「わからないって言ってるでしょ！」

藤原さんに殴られた。肩を上下させ大粒の涙を流す彼のもとに柳沢と上杉が駆け寄った。二人は藤原さんの肩に手を添えて、非難するような目で尻餅をついた私を見ていた。藤原さんも揺れる瞳で私のことを睨んでいる。

え、なんで。殴られたのは私だよ、私は殴られたんだよ。なんで殴った方の肩を持つの、意味わかんない、と思いながら三人を呆然と眺めた。

彼の肩の運動に合わせて吐き出される空気は怒りに染まって目に見えるようだった。やがて頬を伝った涙が床に向かって落下を始めた。顎から床の間を、たっぷり時間を掛けて落下する一粒の気持ちは、やがて床で四方に弾けた。

彼は怒っている。彼は彼の全部で私にそう伝えている。

藤原さんを眺めていたら、言葉がこぼれた。

「綺麗だ」

5

万能の神、郷野さんからの紹介で藤原さんのアルバイト先が決まったのは、私が手をあげられたあの日からおおよそ二週間経った日のことだった。

よかった。

ようやく各々が安定したアルバイトに就くことが出来た。

私の職場で働いているのは主に学生さんであった。就職を控えた一つ歳下の年代が主戦力として働いており、突然入ってきた居酒屋未経験のバンドマンの登場には苦労を掛けたと思う。

「渋谷さん、ご案内お願いします」

「はい」

「渋谷さん、ファーストドリンク急ぎでお願いします」

「はい」

「渋谷さん、お料理冷めちゃう前にお願いします」

「はい」

「渋谷さん、三番の掃除お願いします」

「はい」

「渋谷さん」

「はい?」

「今完全ピークなんで、一旦動かないでいてもらっていいですか」

「はい!」

こんな日々がしばらく続いた。

バイト終わり、終電までみんなでおしゃべりしたり、結局始発まで飲みに行ったり、職場での恋愛相談に乗ってあげたり、楽しかった。

遠征で一週間以上空けることも珍しくない滅茶苦茶なシフトでも受け入れてくれたアルバイト先にも、ライブがあると知っては毎回のように観に来てくれたアルバイト仲間にも、本当に感謝だった。


少し慣れたとはいえ、金曜日の忙しさには参ってしまう。ノロノロ着替えていると、着替えを終えた大学四年生の一つ下の先輩が隣に立っていた。

「渋谷さん」

「ん?」

「いつバイト辞めるんですか」

「うるさい」

私が笑いながら返すと、彼は続けた。

「いつテレビ出ますか?」

「待ってろって」

「早くテレビ出てくださいよ。あ、明日のライブなんですけど六人で行ってもいいですか?」

「あれ、四人って言ってなかったっけ?」

「みんな行きたいって言ってます」

「いいよ、是非」

「こないだのライブ観て、また行きたいってみんなで話してたんですよ。渋谷さん」

「何？」

「売れましたね」

「売れてねエよ」

「あはは、明日よろしくお願いします。お疲れ様です」彼は頭を下げて背中を向けた。

「お疲れ様でした」私も頭を下げた。

音楽でも、バイトでも、本当に人に恵まれていると思った。

売れたい、と思う温かい理由が増えていく日々だった。

第8章　自主盤

1

深夜の高速道路、軽く弾んだ車が小さく軋むような音を立てた。

『SUPER BEAVER』という盤を出してから一年と少しが経とうとしていた。

エンジンが掛からなくなることも増えたこの車は結成当時にスタッフをやってくれていた野田という女の子のご実家の車だった。新車に乗り換えるにあたり、どうせ廃車にするくらいなら是非使ってくれ、という彼女のお父さんのご厚意で譲ってもらった車だ。これといった特徴のない、ｔｈｅの冠を被った乗用車だった。

とりあえずはライブをやりまくろうということで、SUPER BEAVERは全国津々浦々オンステージするために走り回った。誘って頂いたライブは余程のことがなければ断らないというスタンスで、貪欲にステージに上がり続けた我々のライブは年間百本を超えた。

本当にライブとアルバイトだけの生活であった。

「上杉明日何時？」

私は訊いた。

「十一時、渋谷は？」

「十四時。がんばりましょう」

大阪からの帰り道、間も無く日の出。もう少しで神奈川に突入する。静岡は本州の半分を占めているんじゃないかと錯覚するほどに長い。私はアクセルを踏み込む。

帰って、洗濯機を回し、その間に風呂に入り、洗濯物を干して、少し眠って十四時からアルバイト。0時まで働いて次のライブの準備。

貧乏暇なしとは誰が言ったんだろう。その通りすぎてびっくりする。

金銭、時間、身体、全てにおいて余裕はない。

ただ、やはり、四人でやる音楽は楽しくて仕方がない。


年を跨《また》いで三つ指立てて、二〇一二年。目尻の下がり切った日本人がようやくいつも通りの顔になってきた頃。次のライブのために入ったスタジオ。

スタジオ練習はその後アルバイトのシフトを入れられるように基本的には午前中。午前割引が使える三時間パックでスタジオに入っていた。メンバーそれぞれ自分のアルバイト先に向かうために急いで片付けをしていたその時、柳沢が言った。

「音源を作りませんか」

目から鱗《うろこ》が落ちる思いだった。実際何枚か落ちた。確かにメジャーを離れてから一枚も音源を作っていなかった。

とにかく本当に兎に角ライブだったのだ。メジャーを離れて四人だけで活動するようになったことが各地のライブハウスの方にようやく認知されてきた頃だった。全国でライブをしては打ち上げをして、そこのライブハウスの店長を捕まえて話した。「少し前までお前らのこと嫌いだったよ」と各地で何度も言われた。オトナの言う通りにしかやってこなかった活動は、やはりバンドのそれとして見られていなかったのだ。しかし幾度も通い、幾度もライブを観てもらううちに、ライブハウスの店長、そしてオンステージを一緒にするバンドが少しずつ歩み寄ってくれるようになってきていた。

人との繋がりを見つけて音楽にさらに夢中になっていた我々は、その勢いで新曲もたくさん作っていた。いい曲出来たよ、と柳沢がデモを持ってきてはスタジオで合わせ、次のライブでやっちゃおうぜ、なんて勢いで音源にない新曲を披露していたのだ。

「いやはや、確かにそうだね」

私は足元に落ちた鱗を数枚拾い上げ目の中に戻しながら言った。我々の今の意志をしっかりパッケージングして、届けられたら素敵だと思った。藤原さんも頷いていたので同意しているとみて間違いないだろう。

新しいことが始動しようとしている高揚感に身体をじっとさせているのが難しかった。この、どうにも身体が動いてしまうワクワクする時間に、生きていることを実感した。自分が行動を起こすことの全てがこういう時間の延長にあるといいな、と思った。

身体をムズムズさせながら私は言った。

「で、CDってさ、どうやって作んの?」

時が止まったという表現に、天使が通ったなんて妙な言い回しをする人間がいるが、まさしくそんな感じだった。無垢な質問が時間を止めるこの瞬間に、申し訳なさそうな天使が手刀を切りながら一人通り過ぎて行った。

「え」柳沢。

「いや、あの」上杉。

「んんん」藤原さん。

メンバー四人の間を縫うように、手刀を切る天使の大行列が通り過ぎてゆく。

CDの作り方なんて誰も知らなかった。


その日はそれぞれのアルバイトに向かい、後日改めて会議をしようということになった。

バイト先で接客をしながら考えていた。音楽を始めて間も無く七年が経とうとしているのにもかかわらず、こんなに根本的なことも知らない自分たちに驚いた。曲がりなりにもメジャーデビューも経験しているのに、演奏すること以外はズブの素人と同じだなんて。

何もしてこなかった、とまでは言わないが、何も知ろうとしてこなかったのは間違いないようだ。

「間失礼します。ふろふき大根です」

テーブルに、湯気が上るふろふき大根を丁寧に置いた。

「頼んでないですよ」

「あれ、頼んでないですか」

「頼んでないです」

首を傾げて料理を下げて、店長に報告した。

「店長、頼んでないらしいです」

「注文取ったの渋谷くんでしょ」

「あ、そうか。というか、なんかあのテーブルのカップルいかがわしいですよね。さっき男のほう出汁巻卵頼もうとして、でじるまきたまご、って言ったんですよ。なんかゾッとしちゃって」

「渋谷くん、今日もう上がっていいよ」

「店長、ＣＤってどうやって作るか知ってますか」

「お疲れ様でした」

「店長」

「お疲れ様」

久しぶりに早い時間に帰宅。TSUTAYAで映画を借りて帰った。

2

作り方を知らないにしても、どんなものを作りたいのか、それをメンバーでまず会議。

メジャーレーベルを離れた我々が、次に出すCDのクオリティを下げてしまっては、それこそ露骨に落ちたバンドだ。ちゃんとレコーディングをして、レーベルに在籍していた時よりもいい盤を作りましょうというところで話が落ち着いた。

バンドを続けていくという選択をした時点で、これは聴いてくれる人に、そして自分たちを支えてくれる人に対しての礼儀だとも思った。

メジャーを離れる際、心ないオトナに言われたことを思い出していた。

「メジャー落ちのバンドは絶対売れないからね」

「ソニーがお手上げのバンドなんてこの先誰も拾ってくれないよ」

「無理だと思うよ、色々」

親切にどうも、って感じだ。しかし、そんなことあるわけない、と言い切れないのが悔しかった。そういった前例をほとんど聞いたことがなかったし、短い時間ではあるが身を置いてメジャーというものの規模を実感していたからだ。

ただ、我々が今やっているのは四人で信じた音楽だ。わからないことばかりだが、その一本槍で突っ込むことこそバンドってものだろ、とは言い切れた。右も左もわからなければ、上下もわからないのに、志だけは高かった。

とりあえず志より先は、何も知らない人間が何人集まって何時間過ごしたところで絶対に進展しない。困ったら誰かに頼る。恥ずかしいことではない。

「もしもし、郷野さんちょっと質問いいですか」

我々専用のコンシェルジュに電話をして相談した。


レコーディングからプレス、ブックレットの作成、包装、流通をかけて店舗に置いてもらう方法など、困ったら昼間だろうが夜だろうが郷野さんの都合も考えずに電話をして訊いた。

主にそのノウハウを享受したのは柳沢であった。

様々な知識を身につけていった彼は、ギターを上回らんばかりの勢いでその才を伸ばし、このままだとギターを置いてしまう可能性すら出てきた。そのため郷野さんに一本電話をかける度にギターを手渡し、軽く爪弾かせることを忘れてはならなかった。

おかげで我々は、会場限定のシングル、そしてその後全国流通をかけてアルバムを作ろうと計画を立てることが出来た。

学生の時分、練習スタジオにマイクを何本か立てて作った自主盤とはまるでわけが違うが、心情的にはあの頃と同じようだった。まだ何も出来ていないのに、早く聴いて欲しいと思っていた。


兎にも角にもまずはレコーディング。

この時郷野さんがしっかり繋げてくれたのは兼重さんという人だ。兼重さんは我々が初めて流通をかけたインディーズ盤『日常』のレコーディング時に、アシスタントエンジニアとして現場に入っていた人だった。

アシスタントエンジニアとは、文字通りメインのエンジニアさんをアシストする人のことを指す。ほとんどの方はこのポジションを経て、一人前のエンジニアになっていく。

直接連絡を取らせて頂き、久しぶりの再会となった。

「わ、みんな元気」

兼重さんとはメジャーに入ってからも現場で何度も顔を合わせていたが、兼重さんも我々と同じくメジャー時の荒波にもみくちゃにされ、現場を外れる形になったのだった。大海原により袂《たもと》を分かつに至った両者が、無事に生還して会うことが出来たことに感動した。

離れてからの歳月でノウハウを完全に身につけた兼重さんは独立を果たし、今となっては多くの人から頼られるエンジニアになっていた。

思い出話もそこそこに、我々の現状を説明させてもらった。親身になって話を聞いてくれていた兼重さんは、我々の意志も丁寧に受け止めてくれた上で一つの案を出してくれた。

通常、レコーディングは何日間もスタジオを押さえて行うものである。ドラムを録って、ベース。そこにギターを何本か重ねて、歌を録るという手順を丁寧に踏んでいくものであるが、軍資金が少なく、生きるためにアルバイトもしなくてはならなかった我々に、合宿レコーディングを勧めてくれた。

数日間レコーディングスタジオをまとめて押さえて寝泊まりし、その上で演奏も歌も一発で録ってみてはどうかと提案してくれたのだ。

会場限定シングルとアルバムで合わせて十曲、そして我々のお金ではスタジオを借りられて四日間。この方法の他には手がなかった。

そんなやり方をしたことがなかったので不安ではあったが、兼重さんの話を聞いていると、そのやり方で素晴らしいものが作れそうな気がしてきた。

そして話の最後に、お金に関してはＣＤの収益が出てからでいい、とそんな風に言ってくれた。

我々は兼重さんに「よろしくおねがいします」と頭を下げた。

「よろしくね」ちなみに兼重さんは声が高い。「よろしくよろしく」

声が高いのだ。

そして同時期にアートワーク。CDのデザインだ。

デザインと一口に言っても、表紙にあたる部分、ブックレットの内容とページ数、盤そのものの表紙と、盤を取った時に見えるインレイ、そしてケースの裏側や帯に至るところまで、細部に及ぶ。

これを一手に引き受けてくれたのが、同じく『日常』のデザインを請負ってくれたKASSAIさんという方だった。

その当時から活動を見ていてくれたKASSAIさんにメジャーを離れたことを報告した。これからは四人だけでバンド活動をしていく旨と、この大切なタイミングでまたデザインをお願いしたいと思っていることを伝えると、すぐに快諾してもらえた。そして本当にありがたいことに兼重さんと同じく、デザインのギャランティは収益が出てからでも構わないから、と猶予まで頂けた。

二人のこの心遣いのおかげで、今の四人がどうにか出来るお金でCDを作れる目処がたったのだった。プロフェッショナルと仕事をする上で礼儀を欠いた行為であることはわかっていたのだが、このご厚意には全力で甘えさせてもらうことにした。

我々はKASSAIさんにも深く頭を下げた。

「楽しみだね」ちなみにKASSAIさんは髪が長い。「楽しみ楽しみ」

髪が長いのだ。

3

「なんとかなったね」

運転席で藤原さんが言った。

「なんとかなるもんだね」

上杉がそれに応える。

伊豆スタジオでの合宿レコーディングを終えたSUPER BEAVERは東京への帰路を辿っていた。起きてから寝るまで、ご飯の時間を除いてずっとレコーディングに費やした濃密な四日間であった。兼重さんを含めたメンバー全員で一から構築していくレコーディングは創造的で、音楽を大事に出来ている感覚があった。もちろん全てが順調に進んだわけではないが、一つ一つが今の自分たちにとって大切な時間だったように感じる。

曲がりくねった峠道を抜け、車はようやく東名高速道路に入った。家まではまだ距離があったが、ここまでくれば見慣れた景色である。どことなく安心して携帯のディスプレイに目を落とすと、時刻は深夜十二時を少し回ったところであった。

「あア、間に合ってよかった」伸びをしながら柳沢が言った。「あ、そういやこないだeggmanに電話したよ。ＣＤのプレスやってくれるって」

プレスというのはレコーディングで出来た音源をＣＤにすることであり、ジャケットの印刷からビニールによる梱包なども含めて指す。即ち、全てが揃って形になる最終段階のことである。

柳沢が電話したのはもちろんライブハウスのShibuya eggmanで、ここのトイレの張り紙を見るまで、我々はeggmanがＣＤのプレスも請け負っているということは知らなかった。幾度もお世話になってたライブハウスだったので、お願いしてみようという話をしていたのだ。

「電話したら優馬が出たよ」

「優馬って誰」

レコーディングが終わり一気に気が抜けてしまった私は、大きな欠伸をしながら訊いた。柳沢は答えた。

「ほら、あのライブのブッキングやってる金髪の。永井優馬」

「あア、はいはい。柳沢と同い年のあいつね。なんかこないだeggman行ったらベロベロになった彼が担ぎ出されてくの見たよ。なんであいつが電話出たの？　彼がプレスしてくれるってわけではないんでしょ」

「うん、違うと思うよ。あいつはライブハウスのブッカーだから」

「よかった。彼さ、いかにもパーティー野郎じゃん。万年新歓コンパの風靡《なび》かせてて仕事出来るのか心配だもの」

上り坂に差し掛かり車のスピードが一気に落ちた。一分でも早く帰って洗濯機を回したかったので私は鼻から大きめのため息を吐いた。

明日からまたアルバイトの日々。しかし同時に、兼重さんがレコーディングで録った音をミックスしてくれるのを待ち、KASSAIさんがCDのデザインを上げてくれるのを待つ日々でもある。とても楽しみだった。

初めてのことだらけで四苦八苦する毎日ではあったが、たくさんの人の力を借りて音源制作は順調に進んでいた。

当たり前のことだが帯を一つ付けるのにお金がかかること、ブックレットが一頁増えただけで値段が随分と変わるということや、紙の質や厚さでの金額の違い、フィルムのきっかけを探してペリリと一周剥がすあの一般的な包装をキャラメル包装と呼び、あれをやるだけで少し値が張ることなどを知った。

自らが動いて知っていくことの歓びを大いに感じられたのだが、今まで当たり前のように手にしていたものの仕組みを目の当たりにして、それまで何も意識していなかった物事の多さになんだか少し申し訳ない気持ちになった。

本当に何も知らなかったし、知ろうとしてこなかった。何も知らないでいるうちにこれまでも多くの人の力を借りていたことにも気付かされた。その人の名前も容姿も知らないが、メジャーの時期にだって我々のために尽力してくれていた人がたくさんいたのだ。

せめて一言。大体の場面が伝えようと思えば伝えられる場面だったはずだ。

自分の置かれている状況をしっかり認識して、伝えたいと思う気持ちを、伝えたい人にきちんと伝えていこうと思った。

車は長い上り坂を抜け、無駄にエンジン音を響かせ加速を始めた。


会場限定シングル『歓びの明日に』。

自主としては初めての全国流通アルバム『未来の始めかた』。

完成に至る。パチパチ。

レコード屋さんに並ぶSUPER BEAVERのCDをメンバーで見に行ったときの歓びは一入《ひとしお》だった。

直接顔を見て、直接声を聴いた。この盤が完成するまでに我々の気持ちをたくさん伝え、相手の気持ちもたくさん伝えてもらった。だからインディーズで盤が出た時よりも、メジャーデビューをした時よりも、何十倍、何百倍もリアルだった。

我々が作ったという実感が嬉しかったのはもちろんのことながら、たくさんの人の顔が浮かんできたのが何よりも嬉しかった。

こういう想いの先で、まだ見ぬ誰かがこの盤を手に取ってくれる明日が来るんだとすれば、音楽は非常に楽しいものだ。パチパチは幾重にも重なって大喝采となって聞こえた。

なんとなく誘われて始めた音楽が、均《なら》して見たら比較的突出していたものになり、これを生業として生きるという覚悟に変わり、やがて聴けないほどに嫌いになった。

それが今純粋にやりたいことに変わった。

人に言わせれば夢と言うのだろうし、またある人に言わせれば目標や野心と言うのだろう。

どれにでも該当するし、どれとも少し違う。

ただ、やりたい。

これに尽きる。


ちなみに流通をかけるにあたり我々は会社を作った。CDに記載した際にちゃんとしてる感が出るし、ここらで何か旗揚げしましょ、という気概のもとだ。もちろん事務所を構えたりはしない、というか全然出来ない。名義上存在するだけの会社ではあったのだが、勝ってもいないのに兜《かぶと》の緒を締める屋号として、我々の大きな覚悟になった。

『I×L×P× RECORDS』

アイラヴポップミュージックの頭文字。「×」はハードコアパンクみたいでかっこいいからというふわっとした私の独断。

メジャーを離れてSUPER BEAVER、自主レーベル設立。

4

暑い夏の始まりにリリースされた全国流通盤、蝉の声が聞こえるうちにリリースツアーだ。

東京で対バンのあるブッキングライブでも動員が二桁を下回ることはなくなってきたが、それ以外の土地では五人、六人はざらだった。しかし、それがたとえ一人であったとしても、待っていてくれる人がいるのであれば、渾身のアルバムを携えてその土地に赴きたいと思ったのだ。

我々は『未来の始めかた』を引っ提げて、I×L×P× RECORDSのSUPER BEAVERとして初めてのツアーを回ることを決めた。

毎月恒例の、バンド貯金へ入金の儀。バンドにかかる費用を前もって徴収し、出どころを一本化するシステムだ。恭《うやうや》しく手持ちの小さい金庫に一人一万円を納めて出発準備完了。

「初日ですねエ」

私は野田の父親から譲ってもらった車を眺めながら独りごちた。

日本全国津々浦々走り回っていると、流石に愛着も湧いてくる。

新幹線が走っているのも知っているし、飛行機が飛んでいるのも知っている。リニアモーターカーが近い将来に開業しようとしているのも知っているが、我々にはこれがある。というか、これ以外の選択肢がない。

ガソリン代、高速道路代、車の維持費、これらも馬鹿にはならないが、バンドが動くということは、人の他に機材や物販も動くということだ。ステージに載せる全ての機材とメンバーを一度に運搬出来るのなら、そりゃ車の方がコスパはいい。自分のマイクすら持っていないピンボーカルの私にはあまり関係のない話なのに、と思っていることは内緒だ。

長くて片道十八時間、三十分間のステージをやるためにこれだけの時間を掛けているわけだから、そもそものコスパは悪いのだが。

今日からまた漫画喫茶生活だ。初めてのツアーの時カプセルホテルでブーブー文句を言っていた自分が懐かしい。出来ることなら少しでも身体が休まるところで横になりたいが、漫画喫茶とカプセルホテルの深夜パックとでは千円も違う。おじさんの匂いのするあの快適空間が今となっては途轍《とてつ》もない贅沢に感じる。

「早く行くよ」

運転席から藤原さんが言った。気が付けば私以外のメンバーは既に車に乗り込んでいた。

お土産を買うこともめっきり減ったし、地方の名物なんて高くて食えない。

しかし、気が付けばトラベリンバンドと言うのに恥ずかしくない本数を四人で回れるようになっていることにどうにも感慨深くなった。一つずつ、一歩ずつ、一日ずつ、会いたい人に会いに行き、会いたいと思ってくれる人に会いに行く日々が、また会いたいと思える人に出会わせてくれる。

「出発しますよ」

「うるせエ」

感慨深くなっているんだから邪魔すんな、と思って放った私の一言で機嫌を損ねた藤原さんはエンジンを掛けた。ドタバタしながら車に乗り込んで藤原さんの後頭部を睨む。

ツアーと銘打って全国を回るのが久しぶりというだけで常にライブはしていた。だから始まるといった実感は正直あまりなかったが、人と一緒にいられる時間の尊さを実感出来る毎日を考えるととてもワクワクした。

ゴールラインを跨ぐ前に、我々はスタートラインを幾つも引いた。それが正しい場所なのか、最良のタイミングなのかはいつもわからない。それでも、いつだって始まりを意識せずにはいられない時間の中で生きていた。だから迷う前に走った。そうする他なかったし、今はそうする他を楽しいと思えなかったからだ。

藤原さんがアクセルを踏み込む、我々はまたスタートを切った。

第9章　［NOiD］発足

1

すっかり明るくなった外の景色が猛スピードで流れてゆく。私は後部座席にもたれ襟元をパタパタやって風を送り込んでいた。

酷暑だ、今年の夏はとりわけ暑い。太陽の高さに比例して気温が上昇するのを感じた。

「見て、溶けちゃう」

後部座席の私が身体をグデっとさせて言うと、柳沢はバックミラーで私を一瞥して鼻で笑った。

四人で回るツアーであるからして、もちろん運転も自分たちである。

全国各地津々浦々、オンステージしてはまた次の街へ。移動は主に夜の深い時間か明け方。つまり出番が終わったその後に対バンしたバンドやライブハウスの店長と打ち上げがあったとしても、お酒を飲まずに運転に備える人間を用意しておく必要があった。我々は毎回その生贄《いけにえ》をジャンケンで決めるのだが、この日は柳沢が一発で負けた。朝まで続く打ち上げで、延々とお茶を飲み続けた彼は虫の居処が悪いのだろう。私は親切で教えてあげた。

「チョキ出すからいけないんだよね」

小さな声で言った柳沢の「うるさいな」は上り坂で絶賛唸りを上げるエンジンの音にかき消された。

『未来の始めかた』のリリースツアーは、途中ルーフの収納に入れて運んでいた命の次に大事な物販を蓋の閉め忘れにより全て高速道路にぶちまけて紛失させたり、漫画喫茶もカプセルホテルもどこも満室で明るくなるまで途方にくれたり、駐車の際、私が車のリアガラスを全壊させてしまい全面ベニヤ板になってしまったりと大変なこともあったが、オンステージに限って言えば順調だった。自分たちでブッキングしたバンドのステージを観ては身体の芯が熱くなる毎日に、モチベーションは上がりっぱなしであった。この調子でファイナルの新宿LOFTまで一気に突っ走れる予感がしていた。

目の前で車のテールランプが光るのが見えた。身を乗り出して様子をうかがうと、目前に列を成す何台もの車が見えた。

「ありゃ、渋滞」

「そうみたいだね」

柳沢がうんざりした様子で答えた。

それからかなりの時間が経ったが、渋滞は解消されないばかりか一向に動く気配を見せなかった。

私の隣で携帯電話をいじっていた上杉が声を上げた。

「事故渋滞だってよ、東名通行止めだって」

後に知ることになるのだが、東名高速道路は清水ジャンクション付近でトラックが横転する事故が起きていた。死者こそ出なかったが、荷台の貨物が全て落下し、上りは通行不可能になっていたのだ。

二時間を要して三百メートルほどしか進まなかった。渋滞のストレスは我々を蝕み、全員がぐったりしていた。

それにしても、暑い。弱りきった私は言った。

「お手数なんですが、クーラー全開にしてもらってもいい？」

「さっきからやってるんだけどさ」柳沢は言った。「風は出るんだけど、なんかどうも」

「ん？」

「冷たい風が出ないんだよね」

直後から助手席の藤原さんが一生懸命にボタンを押したりしたのだが、どうにも事態は改善しない。車内には暗雲が立ち込めているが、車外は雲一つない快晴だ。ジリジリと高く昇る太陽は午前であるにもかかわらず今季の最高気温を記録しようとしていた。

藤原さんの動きが止まった。逝ったかと思い覗き込むと、手の甲で汗を拭うために動いたので安心した。

「どうしたの」

私は訊いた。藤原さんはゆっくりと振り返った。

「これ」そして送風口を指さした。「完全に壊れたね」


高速道路は復旧の見込みが立たず、残りの二百キロを下道で帰ることを余儀なくされた我々であったが、それは共に渋滞を作っていた他の車も同様だった。下道に降りるために出来た渋滞は、下道に降りてからも延々と続いた。

家に帰り着いたのはすっかり日が暮れてから。熱を発する鉄の箱と化した車内に七時間近くも拘束された四人は、大袈裟でなく本当に瀕死状態だった。

近頃は走行中に唐突にエンジンが止まる事態も少なくなく、既にガソリンメーターも機能しなくなっていた車は、翌日にはクーラーの修理どころか廃車宣言を受けることとなった。

二〇一二年の夏。SUPER BEAVER、車を失う。

これで「あアそうですか、惜しいことをしましたね」というだけで話が終えられればいいのだが、現在ツアーの真っ只中だ。トラベリンバンドにはマイク、ギター、ベース、ドラムと同等にバンドワゴンが不可欠なのだ。

車のないバンドなんて裸眼のカーネル・サンダースくらい有り得ない。月に平均八本あるライブの度に毎回車を借りていたら秒でメンバー全員破産だ。たとえ現状がどれだけ辛くても車を手に入れないといけない。

元スタッフの野田に電話して車が壊れた旨を報告。同時にお父さんが購入された新車をこちらに譲ってくれないか、と打診したところ電話を切られてしまった。

こうなったらいよいよ、車を購入する覚悟を決めなければならない。まだ兼重さん、そしてKASSAIさんにお金も支払えていないのが現状だ。出費はなるべく控えたいところであったが、これは間違いなく必要経費に当たる。藤原さんが代表して車を買いに行ってくれることになった。

『中古車四十万円也。メンバー一人当たり月々五千円の約二年ローンです。』

藤原さんからメールが届く。メールをようやく覚えたばかりなので愛想がないのは仕方ない。それにしても車のローンが五千円とバンド貯金一万円、これに追加徴収が最近は当たり前になってきたので月々二万五千円の出費が確定、か。

深いため息が身体からゆるゆると漏れてゆく。

これ以上バイトを増やすことは実質不可能なので、何かを切り詰めることを考えて生活せねばならない。

あア、食費。

これからバイト先での夕方の賄い一食で、一日を乗り切ることを心に誓う。

納車される日に、私と上杉は渋谷駅で車の到着を待っていた。藤原さんと柳沢が車を受け渡してもらったその足で、渋谷駅まで披露しに来てくれることになっていた。

「ハイエースかな」

私はウズウズしながら言った。

「いや、ハイエースじゃないって言ってたでしょ」

上杉が冷静に答えた。

バンドワゴンといえばハイエースだ。しかしあれはすごく高い。これから機材が増えていくことを考えるとあれぐらいの大きな車が欲しいところではあるが、余程の欠陥でもない限り、四十万円でその類の車は無理だろう。

上杉が携帯を耳に当てた。少し話すと通話を終了させて私に向かって言った。

「もう着くってよ」

程なく、遠くの方でそれらしき車が姿を現した。

驚いたことに、手が届かないとたかを括っていたハイエースとほとんど同じ形の車がこちらに近づいてくる。

「ねエ、デカくない？　あれもはやハイエースじゃん！」

私は大いに歓んだ。やはりバンドとしてツアーを回るならあれくらい迫力のある車でなくては格好がつかない。ちまちました車に乗っているバンドマンが大成を望むなんてそれは烏滸《おこ》がましいことです。でかい車を転がして全国を行脚《あんぎゃ》するところを想像して私は昂奮《こうふん》した。

近づいてくる車に胸が高鳴る。しかしそれと同時に拭いきれない違和感を覚えた。なんだろうと目を凝らす。

「あれ、なんか」ぼやっと車単体で判断していた私であったが、ほど近くなるにつれて辺りを走る車との対比でディテールが鮮明になってきた。「小さ、い?」

正確には徐々に縮尺がはっきりしてきただけなのだが、迫るほどに反比例して失われていく迫力が、得体の知れない不安を煽った。やがてそれは目の前に停車した。

「お待たせ」

パワーウインドウを下ろして助手席の柳沢が顔を覗かせた。

「何これ」

私は言った。

形はハイエースだ、だが大きさが明らかに違う。小さい。一般的な車を考えればいくらかは大きいのかもしれないが、バンドワゴンとして考えると小さい。ハイエースの子供といったところだ。

「何これ」

私は繰り返した。

運転席で藤原さんがサムズアップして笑顔を見せた。私は無視して後部の扉を開いた。

そりゃア野田のご実家の乗用車と比べたら機材を積むスペースが広いのは間違いない。ただこの先何かしらの機材が増えることを考えたらもう先が見えている。

そして何よりもいただけないのは後部座席だ。一枚板に載せた薄いスポンジの上に布を張っただけの、座席と呼ぶにはギリギリのスペックのそれは、リクライニング不可の直角の背もたれを携《たずさ》えて厚かましくそこに設置されていた。

私は無言で後部座席に乗り込むと、そこに腰を下ろしてみた。硬い座面が想像通りお尻に痛く、背もたれの高さが腰より少し上くらいしかないという事実にも気付かされてしまった。

映画一本見るにもしんどい仕様だ。

「何これ」

これしか言えなくなっている私に藤原さんが言った。

「これ、元は畳屋さんが使ってたんだって」

そうじゃねエ、そうじゃねエんだよ。口にする気力もなかった。

そういえば仄かに香るいぐさに、私の心はどんどん消沈していった。

2

なんとか、無事にツアーを終えることが出来た。無事という言葉を使っていいものなのか迷いどころであるが、とりあえずみんな元気でいられたのでオールＯＫ。

乗ってみれば案外快適、なんてことはまるでなかった新SUPER BEAVER号でツアーを走り抜けることが出来た。

ツアーの上がりとＣＤの売上で、どうにか兼重さんとKASSAIさんへ支払うためのお金も工面することが出来た。男気を見せてくれたプロフェッショナルに改めて深く頭を下げるのと同時に、厚かましくも次の制作の相談もさせて頂くという暴挙に出た我々は、年末から年始にかけて同じ要領でＣＤの作成に勤しんだ。

前回同様、もしくはそれ以上に本当にたくさんの方に力を借りて、『世界が目を覚ますのなら』というアルバムを完成させた。自主盤の二枚目は、『未来の始めかた』のリリースから一年経たずして世に放たれた。

嬉しさ余って、おかげさまでリリース出来ました会を開催。渋谷にある居酒屋チェーン、二時間飲み放題三千円でお祝いした。

郷野さんを始め、兼重さん、KASSAIさん、お世話になったたくさんの人が参加してくれた。

四人だけで活動をしているからこそ、四人だけで音楽をしていないことが実感出来た。

「次のツアーのファイナルはどこでやるの」

兼重さんが訊いた。

「次は渋谷のWWWっすねェ」

私は兼重さんの声の高さに改めて少し驚きながら応えた。

「キャパ五百人くらいってこと？　すごいね」

KASSAIさんがそう言ってくれた。メジャー在籍時、ブッキングライブとはいえ下北沢CLUB251での集客が三人にまで落ち込んでいた我々である。それを考えると、まだ成功出来るかどうかも定かではなかったが、立て直すことが出来そうな兆しが見えていることに感慨深い気持ちになった。

「本当におかげさまです、ありがとうございます」

私は深々と頭を下げた。顔を上げるとKASSAIさんの髪の毛がやっぱり長くて驚いた。

すると席の一番奥で、ビールを片手に一人の男が立ち上がるのが見えた。金髪をてっぺんで結んでヘアバンドをした顔の濃い男だった。

「業務は、俺に任せろ」

出た。パーティー野郎。eggmanのブッカーの永井優馬であった。一体何杯目のビールだか知らないが、その大きな目は幾分うつろであった。

一体、何を言い出すのかと思えば。要するに彼はSUPER BEAVERのマネージメントをすると名乗り出てくれたわけである。我々を音楽に専念させて、それ以外の業務は全て自分が受け持つと言ってくれているのだ。


正直なところ、ブッキングに業務、音源制作、グッズ製作。年間百本以上のライブに加えアルバイトの日々で、なかなかに手一杯であった。今は「楽しい」という一番の栄養で動き続けていられるが、ずっとこのままの調子で続くとなると、限界の後ろ姿が視野に入りかねないと感じていた。

猫の手も借りたいと思っていたし、本音を言えば猫じゃなくて人の手が借りたい、というのが心根だった。

「お前らは、音楽だけをやれよ」

永井は豪語した。

言葉面だけなら実に頼もしい。しかし言葉というものは、内容よりも口にした人がどんな人であるかの方が重要だと、そんな風に思う。

だからこそ、やはり引っかかる。

私は彼に思っていた。

あなたさ。マネージャーやったことないでしょ。

彼のお仕事はライブハウスeggmanのブッキングだ。その日の趣旨に合いそうなバンドを選んで一日を作ったり、イベントを企画したりするお仕事である。その他にも、かつて柳沢の電話を彼が受けたように、事務的な仕事もしているのだろうが、マネージメントは一度もやったことがないはずである。

彼の言葉も、気持ちも嬉しかった。酒の席でのことだからこの場の空気としてはいいだろう。ただ、まるで現実的ではない。彼がマネージメントの経験がないことに加え、我々はメジャー落ちのバンドである。卑下して自分たちを見ているわけではなく、これは紛《まご》うことのない現実だ。

素人マネージャーと、メジャー落ちバンドのタッグ。

どう考えても、絶望的だ。

あはは、と笑ってその場を流す。どうにもならないものは、やはりどうにもならない。

3

リリースしたらツアーだ。この間ツアーが終わったばかりだが、SUPER BEAVERは何度だってツアーを始める。

初めてツアーを回ったときのことを考えると成長したものだ、と思う。車酔いが心配で仕方なかった男は今や車で本を読めるようになっている。人は変わるものだなア、と実感することが特に増えた。

何度乗ろうとSUPER BEAVER号の乗り心地は悪いままだし、どの会場も半分が埋まればいい方であったが、三ヶ月と少しに及ぶ『世界が目を覚ますのなら』のツアーを我々は順調に回っていた。

前回と同様に、回れるだけ回ろうと決めたツアーである。しかし前回と異なり、今回からツアーの制作を外部に委託していた。

ツアーの制作というのは、主にライブに関するマネージメントのことである。今までは自分たちで行程やブッキング、出先での宿の手配などをやっていたが、その道のプロというものがこの業界にはいるのだ、ということを以前から郷野さんに教えてもらっていた。

無駄なく効率的に回る行程、予算を管理した上でプランを立て、ライブの精算やブッキングの手伝いまでしてくれるというお仕事である。無駄な出費を抑えることにも、体力を有効的に使うことにも繋がるため、委託してでもお釣りがくるはずであった。

概要、自分たちの意志はそのままに、よりツアー然と回ることが出来るのなら、ということで何社かに依頼をすることに決めた。今後の行程の面倒を見てくれる会社と顔を合わせた時、しっかりと意見をすり合わせたそれに基づいてツアーを構築してくれる手筈になっていたのだが、いざいざツアーが始まってみて思った。前回とのツアーと比べて改良された点が見つからない。

行程も自分たちで組んでいた頃と然程《さほど》変わらず、一緒にやりたいバンドに我々が声を掛け快諾してもらうその中で、新たなバンドにも出会えたら素敵だと思いお願いした何枠かのブッキングも、決めてくれたのは一組だけだった。

「あのさ」

オンステージを終え、打ち上げもやって次の街への道中、ハンドルを握る藤原さんが珍しく口を開いた。

「何」

上杉が応える。私は大変に眠かったので半目でその会話を聞いていた。藤原さんがボソボソ言った。

「ライブ制作頼んで、何が変わったんだろ。結局自分たちでやってない？」

「まア、行程組んでもらったりしたからね」

「でも、これ自分たちで出来るよね」

「まア、確かに」

「なんか同行する人が増えただけっていうかさ」

上杉が笑った。「同行って言っても、この車に乗るわけでもないしね」

「なんだかなア」

「うん、なんだかね」

藤原さんがため息を吐いてしみじみと言った。「なんだかなア」

後日メンバーで話し合い、我々は我々らしく、やはり今まで通り全て自分たちでやろうと心に決めたのだった。


満を持して迎えたツアーファイナル当日。チケットは直前になってギリギリソールドアウト。この日は過去最大の単独公演であったにもかかわらず、どういうわけかいつにも増して一人一人の顔がよく見えた。オンステージの最中、小学校時代は火曜日に毎週行われていた全校朝会のことを思い出していた。

私は校長先生の話が苦手だった。というか校長先生も苦手だった。

私の通っていた学校に限ったことなのかもしれないが、それが誰であれ、小学生という生き物として捉えているような節があった。立場に依存し個を滅し、同時に子供たちの個を蔑《ないがし》ろに出来る人だった。

校庭の壇上に上がり悠々と話をする姿は、集団を前にただ声を出しているだけに見えた。何も響くものがないその時間、当時の私はずっとイライラしていたのだった。

私の小学校は全校生徒二百人にも満たなかったが、今、五百人という大勢を目の前にして歌う私は、どうにもそんなことを思い出してしまっていた。

まかり間違っても、あんな風にはなりたくない。

私は集団に向かって歌っているわけではなくて、無作為に誰かに歌っているわけでもない。しっかり一人一人に、明確に個人に歌を歌いたい。

「あなたたちに歌ってるんじゃない、あなたに歌ってるんだ」

ステージで思わず漏れた一言に、今までの人生と妙な親和性を見つけて、ほウ、となった。

口から先に出た言葉は、自分自身の心の深い部分に誓う言葉になった。

終演後、またお世話になった方々と打ち上げ。無事に素敵なツアーになったことについてのあれこれを話す今回の会合も、相も変わらず飲み放題で三千円。乾杯から笑顔の絶えないいい時間であった。

ツアーを完走できたことは本当にめでたい、四千キロ近く車を走らせ、怪我のひとつもなくこうやって帰ってきて会いたい人に会えるということは実に嬉しいことだった。

必要以上にしょっぱいポテトも、衣だらけの唐揚げも、しなしなのサラダも、好きな人と囲めばご馳走だった。

「業務は、俺に任せろ」

デジャビュだ。私は耳を疑い、そして目を擦《こす》ったが、目の前でビールグラスを掲げて勢いよく立った金髪の男はeggmanのブッカーの永井だった。

「お前らは音楽だけをやれよ」

壊れたおもちゃだ。同じことしか言わない。

しかし熱意が伝わったのは事実だ。実は数日前に藤原さんと永井が話す機会があって、その折に、彼がSUPER BEAVERに対する熱意をちゃんと伝えてくれたことを私は聞かされていたのだ。そしてそれは一度だけではなく、おかげさまでリリース出来ました会で啖呵を切ったあの日から、まめに気持ちを伝え続けてくれていたらしい。

メジャーの時のような手の組み方はしたくない。我々がもしまた誰かと手を組むことがあるのだとすれば、SUPER BEAVERの音楽と人をちゃんと好きでいてくれる人でなければダメだと思っていた。気持ちを糸目を付けずに注げる人同士でなければ、仕事と呼ばれるものから仕事以上の歓びを見つけることはきっと出来ない。

なんだか結婚相手を決めるみたいだと思いつつ、音楽でもなんでも、深く気持ちの根を張った物事なら、そうあって然るべきなのだろうとも思っていた。

経験は皆無、ただ彼には何かしらの覚悟がある。

素人マネージャーと、メジャー落ちバンドのタッグ。

どう考えても、絶望的だ。

だが、四半世紀そこいらしか生きていない無力な男たち四人と一人が手を組んで、ゼロ以下のスタートから気持ちのみで何かを始めるというドラマにも映画にもし難いそんな始まりに、どういうわけか一縷《いちる》の望みを見つけてしまった。

物凄く単純に、面白そうだ、とうっかり思ってしまったのだ。

毒を食らわば皿まで。多分どんな選択をしようが我々が歩む道が険しいことに変わりはないのだ。いばらの道に多少の雨ならなんてことはない。その先に仲間と呼べる人と歓びを共有出来る明日があるのだとすれば、面白そうな方に向かったほうがいい、楽しい予感のする方に進んだほうがいい。そう思った。

永井は少しうつろな目をして言った。

「業務は、俺に任せろ」

さっき聞いたよ。

「お前らは音楽だけをやれよ」

愛だけ、疑えなかったのが決め手であった。

4

数日後、永井と改めて会うことになった。彼は我々に会うなり、開口一番に言った。

「社長にダメって言われた」

「え」

「eggmanの社長にSUPER BEAVERやりたいって言ったらダメって言われた」

「は?」

「メジャー落ちのバンドやっても売れる見込みないって」

永井はあっけらかんと言ったのだった。私は考えた。そして彼が言ったことを反芻《はんすう》して、しっかり飲み込んだ。

「そうかア、それは残念だったよね、ドンマイドンマイ」

私はそう言って穏やかな表情のまま永井に襲いかかった。今までの感動と覚悟を全部返してくれ、といった具合であった。ダメって言われた、じゃねエだろ、小学生が遊びに誘ってるんじゃねエんだから。

メンバーが私を取り押さえ、しばらくの間背中を撫でてくれたのでどうにか落ち着いたが、再び永井が話し始めるまで三十分少々時間を要した。

「ごめんごめん、順を追って話すね。社長にはNG食らっちゃったんだけど、取締役はやっていいって言ってくれたんだよね」

「つまり?」

柳沢が訊くと、永井は話を続けた。

「うん、だから黙ってやっちゃおうかと思って。こっそりCD作って出しちゃおうかと」

何を言っているのかわからず、我々は目を点にして話を聞いていた。

「いや、まア」永井は笑った、「売れちゃえば文句言えないっしょ」

根拠のない自信ほど畏怖を覚えるものはない。しかし経験もなく、人気もなく、お金もない我々が、今自信をなくしたら何もなくなることはわかっていた。

括れる腹があるうちが華、か。

そして、まア、彼の所属する会社だし、そこのお金だし、いいか。

こっそりという形は、なんとも情けない心持ちではあったが、我々は永井優馬と手を組むことを改めて決意した。

永井が幾度となく企画していた［NOiD］という自身のイベントの名前を、彼たっての希望でそのままレーベル名にした。

我々の会社I×L×P×RECORDSと共に動くレーベル［NOiD］がここに発足した。

正確には、ライブハウスeggmanのレーベルmurffin discsの内部レーベルとして、SUPER BEAVERをマネジメントするために［NOiD］という部署が発足した、ということになるのだが、ややこしいので、ふウん、で済ませた。

ツアーは終わってももちろんライブは続く。話し合いの翌日、我々は次のオンステージに備えるために入ったスタジオで、柳沢を待っていた。

定刻から五分遅れて到着した柳沢の顔面は、随分と青白かった。

「遅刻しました。すみません」

私は言った。「遅刻はよくないことだが、そんな顔を水色にして詫びるほどの大遅刻ではないだろうに」

すると柳沢は鞄の中から一枚の紙を取り出した。

「何それ」上杉が訊くと柳沢は答えた。

「今回のツアー、ライブ制作を外注してたでしょ。その請求」

「ほうほう、拝見」我々は柳沢のもとに集まって紙を覗き込んだ。私は内容を見て驚いた。

「は？　二十万円って何？　赤字だったってこと？」

確かに、ツアーファイナル以外をソールドアウトさせることは出来なかったが、各地ガラガラということはなかった。ツアーに呼んだバンドのギャランティと、諸経費を考えてもこんなに足が出るとは考えにくかった。大きな黒字になるようなツアーではなかったが、赤字が出るようなツアーではなかったはずだ。

第一ライブ制作という仕事は、経費計算も含まれるはずである。赤が出ないようにツアー行程を組んでいくのもライブ制作の仕事ではないのか。

「なんで」

柳沢に訊いても解決しないことはわかっていたが、私は訊いた。

「いや」

言い淀む柳沢を放置して、二十万円という額を冷静に考えてみた。

単純計算で一人当たり五万。今月のアルバイト代ではそんな金額を払うことは不可能だ。というか来月も再来月も厳しい。

私はのけぞって言った。

「いや、無理無理」

「あの」

「今月かつかつだし」

「ちょっと」

「というか毎月かつかつ」

「ねエ」

「どう捻り出せってのよ」

「ねエって」

柳沢が手足をバタバタさせている。

「なに」

「ちゃんと見て」

柳沢は水色の顔を群青に変えて、私の顔の前に請求書をグイッと突き出した。流石に近すぎてよく見えなかったのでさらにのけぞることになった。

「いや、見てるって。どれだけ見たって何も変わらないだろ、どうすんだよ、これ」

「ちゃんと、見て」

「だから見てるってば。二十万、ん」違和感があった。「お、あれ、ちょっと待ってね、一、十、百、千、万、十万、百、え」

二百万円であった。

SMAAAASH!!

生まれて初めて請求される額だ。二十万円でさえ請求されたことがないというのに、未曾有の金額に身体の底が震えた。

位が一つ違うと言っても、二十円が二百円でした、ならば全然笑える。ただ二十万円が二百万円でした、はこれ如何《いか》に。のけぞった姿勢を保つことが出来ずに私は尻餅をついた。

そもそも我々は前回同様の盤の作り方をしているので、兼重さん、KASSAIさんに支払うべきお金も工面しなければならない。そして野田ん家のポンコツが壊れたおかげで購入するに至った車のローンだってあるのだ。

四人で途方に暮れた。ただスタジオ代が勿体無いので、途方に暮れるのを一度中断して、しっかり練習した後、再び途方に暮れなおした。

首が回らない、なんて言葉を自分に使う時が来るなんて思っていなかった。

早速、新しいマネージャーに相談した。

付き合った途端に借金があるということをカミングアウトするようなバツの悪さがあった。永井はただでさえ大きい目をまん丸にして大層驚いていた。「いやア、参ったよオ」なんて言って苦笑いで後頭部を掻く私は完全にクズ男であった。

永井は請求書に目を通し、一度取締役と相談します、と言って背筋を伸ばして消えていった。この相談というのが、我々が抱えた債務に対しての策を講じるための相談であるのか、はたまたこのバンドとの未来について考え直すという旨の相談であるのかがわからなかったので、永井に「よろしく」の一言も言えなかった。

後日、事務所に呼ばれて相談会。というか、この請求書は改善の余地がある、という旨の説明会だった。

決して水増しして請求されてるということではないが、明らかに必要経費ではない請求、本来ならば仕事としてそもそも削るべきだった経費の請求などが至る所にあり、説明されれば、確かに、と頷けることばかりだった。

わかりやすいものを一つあげるとすれば、例えば大阪でライブがあったとして。我々は車で移動していたのだが、ライブ制作として帯同する方は新幹線で移動をしていた。往復でざっと三万円也。そして打ち上げが終わると我々は夜走りで東京を目指したが、帯同する方は宿泊してから帰っていたため、そのホテル代が安く見積もっても五千円。

そもそもSUPER BEAVER号は五人乗ることが出来るので、ツアーに必要以上の経費をかけぬように配慮して（というかそれが仕事なのだが）同乗してくれていれば、それだけで三万五千円が浮く。今回のツアーが十七本あったので、大雑把な計算になってしまうが三万五千円を十七本分、六十万円近くは浮かせることが出来たということになる。そういった行動を容認していたわけではなく、まさかそこを満額経費として請求されるとは夢にも思っていなかったのだ。

言われてみれば、といったところ。知識がないというのは本当に怖いことである。そして本当に怖いことはこの請求書に悪気がないということだ。いくつもの現場を共にしていたからこれだけははっきりわかる。悪い人ではないのだ。

しかし、それとこれとは話が別、本当に別。この請求書は今一度見直してもらう必要があるとして、永井が直接話をするために何度もライブ制作の会社に出向いてくれた。結果、ギリギリ正当と言える額を出してもらうに至った。

二百万円は八十万円になった。

命拾いをした心持ちであった。

長い時間を掛けて精査し奮闘してくれた永井、及び事務所には頭が上がらない思いだった。

ただ八十万円に下がったとはいえ高額であることには変わりない。いっぺんに返せる財力なんて我々にはもちろんなかったので、一旦事務所が肩代わりしてくれることとなった。このままその会社に借金するよりはいい、という配慮であった。

SUPER BEAVERマネージャー、永井優馬。
初仕事、債務整理。
いやはや、申し訳ない。

第10章　［NOiD］始動

1

［NOiD］に所属したからといって生活が変わるわけではない。月々でお給料をもらえるようになったわけでもなければ、家賃保証が出るわけでもない。借金問題は解決したように思えているだけで、あくまでも事務所が肩代わりをしてくれているだけだ。

自分たちで音楽を始めて二年。齢二十六、相変わらずの日々。

アルバイトも板についてきた。生ビールにきめ細かい泡を注ぎ、目分量でも完璧なレモンサワーを作れる私は、百六十六席ある店舗の週末のドリンク場を一人で回せるようになっていた。実は高校一年生の時分から六年間ボクシングをやっていたのだが、金曜日と土曜日のドリンクを作る私はその時よりも僅《わず》かに速く動けていたように思う。気が付けば時給は五十円もアップしていた。

一人暮らしもすっかりお手のものだ。計画的に洗濯機を回し、無駄のない動線で掃除機を掛け、水回りに特に気を配る私の生活力は水準よりも高いように思えた。

しかし料理だけはしなかった。調理師学校を卒業、即ち調理師免許を取得した私であるが、キッチンに立ったのはわずか四、五回程度だった。始めた一人暮らしに気分が高揚し、きっちり揃えた調理器具一式。美味しいものが出来た歓びよりも誰も共感してくれる人のいない寂しさの方が幾分か勝り、私の足は自ずとキッチンから遠のいていったのだった。

相変わらずの日々という言葉の中に、自分の生活の輪郭がはっきりと見えるようになり、その中心にはしっかり音楽があった。

気が付けば全てが音楽を中心に回っている。受動的ではなく能動的に、だ。

音楽で楽しくなりたい、音楽で楽しくしたい。

音楽で楽しくなりたい自分がいる、音楽で楽しくしたい人がいる。

音楽が好きだ。

なにものにも代え難い理由だった。


「暑い」

話し合いがひと段落。

我々は社長のいない隙にこっそりeggmanの事務所にお邪魔していた。夏が盛る八月、すぐそばにある代々木公園から蝉の大合唱が聞こえてくる。

本日は二〇一四年の初めにアルバムをリリースしてしまおうという企みをより具体的にするために集まっていた。リリースをしないことにはレーベルの存在は明るみに出ることはないので［NOiD］はまだ当事者以外誰も知らない水面下の存在だった。

永井がスケジュールの書き込まれた紙を机の上でトントンとまとめた。

「じゃアとりあえずレコーディングの日程はこんな感じで。今までと同じく伊豆で合宿という感じでいいね」

柳沢と上杉と藤原さんは「もちろん」と気持ちのいい返事をしたが、私は少し躊躇《ためら》っていた。あのスタジオで、手のひらよりでかい蜘蛛《くも》が猛スピードで冷蔵庫の裏に隠れるところを目撃してしまってから、全然気が進まないでいたのだ。

「兼重さんと、スタジオのスケジュール当たります」

一人が返事をしていないことに気が付けないマネージャーはマネージャーじゃない。私は永井を睨んだ。

そもそも私は新宿から離れたくない人間なのだ。何度ツアーに出たとしてもこの根本が変わることはない。効率という点において合宿に勝るものはないというのは理解出来るが、効率という点以外に合宿が優っている点が見つけられない。時間とお金のことを考えるとこの選択肢しかないというのもわかる。しかし、伊豆は、遠い。

そして、どうにも私を除いた誰もがあの環境を楽しんでいる節があるのが癪《しゃく》だ。徒歩圏内にコンビニもなく、夜になったら本当にシンと聞こえるほどに静かなあの環境を楽しめる意味がわからなかった。

都会が好き。マジで私都会が好き。

売れたい。

私は拳を握りしめた。

「あ」

永井が言った。拳を握って動けない私を除いて三人は既に帰る支度を始めていた。私は少し拳を緩め、三人は手を止めて永井を見つめた。永井は言った。

「ツアーの話してなかった、次のファイナルは渋谷QUATTROでいいよね？・」

「いやいやいやいや」

私は反射的に言った。渋谷CLUB QUATTROと言ったらバンドマンの金字塔というイメージが強かった。渋谷QUATTROでワンマン打てるようになったら大したもんだよね、とよく言っていたし、よく聞いていた。

荘厳なイメージもさることながら、あそこのキャパシティが七百五十人であるということも引っ掛かっていた。前回単独公演を打った渋谷WWWのキャパシティが五百人、我々はこの五百人を埋めるのに八年掛かった。その会場の一・五倍に当たる集客を、およそ半年で出来るとは到底思えなかったのだ。

「いやいやいやいや」

私は考えてからまた改めて言った。大体からして数ヶ月前まで取り置きチケットと言って、ホームページで予約してくれた人の名前を当日ライブハウスの受付に提出して、その場でお金を払って入場してもらう、というやり方を取っていたのだ。手軽に予約できるが当日のキャンセルもされやすいノンプロ的なやり方から、コンビニなどでチケットを購入できるプレイガイドに販売方法を切り替えたのは前回の単独公演から。システムの切り替えにより販売の初速が芳しくなかったのも事実としてあった。即完出来ていたならまだしも、前日にどうにかソールドアウトを打てたというのが現状である。今の立場を真摯《しんし》に受け止めるべきだと思った。

もっと堅実に、もっと着実にやるべきだと思った矢先。

「俺はやりたい」柳沢が言った。

「俺もやりたいな」上杉も言った。

「うん、俺も」藤原さんも言った。

いや、だから希望願望でどうにかなるほど甘いもんじゃないのは散々実感してきたではないか。やりたいからやるというのをバンドの根本に置くというのは決して間違いではないが、その気持ちのみでどうにかなるのであれば私は明日にでも東京ドームに立ちたい。

「それじゃ、QUATTROのスケジュール当たります」

一人が返事をしていないことに気付けよ新人マネージャー。私は永井を睨んだ。

「お疲れ様でした」

「お疲れ様でした」

メンバーは帰る支度を整えた順に風のように事務所をあとにし、永井は一つ大きく伸びをすると自分のデスクのパソコンで何やら仕事を始めた。

「おい」

私が言うと永井はやおら顔をこちらに向けた。

「あれ、まだ帰ってなかったの。社長戻って来ちゃうんで早く帰ってください」

歳が一つ下であることから敬語とそうでない言葉のバランスが絶妙だ。出会ったばかりの頃の柳沢を思い出した。そんなことより話の続きだ。堅実な姿勢を、着実な歩みを、と思って私は口を開いた。

「いや、流石にQUATTROは」

「はい、もしもし」永井は携帯電話を耳に当てた。「ご無沙汰っす、あはは、どうしたんすか」

そう言って喫煙所に消えていく彼の背中を眺めた。事務所に一人腰掛ける私、椅子が小さく軋んだ。

蝉が合唱していることを思い出し、耳をそばだてる。「今年もひどい暑さになるんだね」私は夏に向かって呟いて、荷物をまとめた。

2

［NOiD］第一弾アルバム『361°』のレコーディングが終わると、もう年末。

毎年恒例となったライブハウスでの年越し、二〇一四年の到来。

目尻を下げて一月を過ごし、気が付けば二月。

そういえば二月はあみちゃんの誕生日だったなア、なんてことを思い出す。結局あみちゃんと私は付き合った。付き合った、なんていうあっさりした言い方は烏滸《おこ》がましい程に猛烈なアピールをしてできた初めての彼女との交際は三ヶ月あまり。

高校生っぽい付き合い方をして高校生っぽく別れた実に高校生らしい青春の日々よ、応答願います。こちらそもそも人と付き合うってなんだ？　とか思ってたら大人と言って不足のない歳になりました、どうぞ。

くっつきそうになっては距離をとったり、衝動的に付き合ってはぼんやり別れてみたり。私は三十歳で結婚して子供がいる予定で生きているのだが、果たしてどうなってしまうんだろう。まアまだ若エや、とか余計なことを考えていたらあっという間にリリース日になっていた。

我々はレコード屋さんに挨拶回りをするために都内某所に集まっていた。

「さて、回れるだけ回りましょう」

私たちは意気込んでいた。レコード屋さんに挨拶に行くというのは義務ではない、ただの気持ちだ。

店舗に新譜を並べてくれてありがとうございます、を言いにただ顔を出すだけである。今回のアルバムのイニシャルが千五百枚くらい。イニシャルというのは新譜の初回出荷数のことであり、要するに発売する前に全国のレコード屋さんから注文がきた合計枚数のことである。ミリオンヒットなんてものと比べたら、それが足元にも及ばない数字だということはわかっているが、我々にとって快挙と言える数字であったのだ。

だからというわけではないが、可能な限り今回も感謝の気持ちを伝えて回りたい、とそう意気込んでいた。

「アポ取った時間まであと十五分あるので、ゆっくり向かいましょうか」

永井が時間を確認して言った。

ただの気持ちとはいえ、店舗には伺うことを伝えておく必要がある。売り場の担当の方に直接お礼を言うためには、もちろん先方の都合も考慮しなければいけない。なので予め時間を決めて、それぞれの店舗に挨拶に行くのだ。

店舗に到着して、まずは自分たちの新譜を探す。お店に並ぶ盤を見つけた時、本当にリリース出来たんだなア、と一発で実感出来る。あの瞬間は何度体験してもいいものだ。

「試聴機入ってるよ」

上杉が発見して、そこに集まる。

今回もたくさんの人に力を貸してもらってようやくリリース出来たのだ。そしてこの場所から、SUPER BEAVERの音楽は誰かに聴かれるために色々なところへ旅立ってゆく。リリースという言葉は、実にぴったりでいい響きだ。

感傷に浸るメンバーのもとに永井がやってきて言った。

「ぼちぼち時間なんで行きましょう」

受付カウンターで担当の方の名前を告げて、その場で待たせてもらった。

しかし、アポを取った時間になっても担当の方は現れない。時間が経ってゆく。

五分。

十分。

十五分。

流石に、と思って商品の整理をしているお店の方を見つけて、もう一度挨拶しに来た旨を伝えた。

「少々お待ちください」

作業を中断して、お店の方はバックヤードに消えていった。そこからさらに五分待った。するとお店の方が戻ってきてあっけらかんと言った。

「あの、担当もう帰ったみたいですね」そして我々の顔を見渡した。「店舗挨拶っすよね、コメント書いていきますか?」

何も今回が初めてではない。

正直、慣れた。

またか、と思った。

こういう扱いを受けるのは、少なくなかったのだ。

こんな卑屈な言い方をしたくはないが、現状の我々はその程度のバンドなのだ。事前にしっかりアポを取っていても、こうなる。

全ての店舗がこうではない、真正面から気持ちを受け止めてくれる店舗だってある。

しかし、お店からすると、数多《あまた》あるリリースで忙しい水曜日に、箸にも棒にも掛からないよく知らないバンドが、「来ちゃった」という認識なのだ。挨拶をさせてあげて、コメントカードを書かせてあげているという感覚なのだろう。

お願いします、と頭を下げてコメントカードを書かせてもらう。

店舗を後にして、誰もが無言であった。夕方の風が心地いいのがどうにも堪《こた》えた。現実として自覚させられた自分の立場。侘《わび》しい気持ちにわだかまる心。

努めて明るく口にする。

「売れてエな」

店舗挨拶は毎度のようにこういった気持ちがついてまわる。

持ちつ持たれつだろう、と今はまだ言えない。


三月一日のeggmanを皮切りにツアースタート。永井が帯同する初めてのツアーだ。

今まで四人でやっていた運転、機材の搬入搬出、そして物販や、お金の管理も手伝ってもらった。

幾日かを共に過ごし、何本かのライブを行い、思った。

めっちゃ助かる。

主に、表に立つ以外のことを任せられる人がいるというのは本当に有り難かった。もちろん全てを任せることは出来ない、自分たちで運転もするし、機材も運ぶし、物販にも立つ。ただ想いを持って自分たちの力になってくれる人が近くにいるということが、これほど心強いことだとは。


素人マネージャーとメジャー落ちバンドの五人組は、嘲笑《ちょうしょう》の対象になることも少なくなかったが、色々なところで可愛がってもらえた。

そして永井は藤原さんと違った類の壮年オーラがあったので、素人のくせに素人と感じさせない空気を纏《まと》うことを得意としていた。マネージャーとして、これはいい武器になった。

今回のツアーは十二本と、本数は比較的少なめではあったが、実りの多い日々だった。全国どこの会場もガラガラということはなくなってきた。ソールドアウトにはまだ遠い。しかしオンステージした際、床ばかりが見えていたフロアの景色に、人の姿が占める割合が少しだけ増えた。もちろん対バンを快諾してくれたバンドのおかげでもある。

我々が無作為に押し売りしているだけではなく、一人一人に求められている音楽をやっているという実感を少しだけ覚えることが出来たツアーだった。


辛くもソールドアウトを打てた渋谷QUATTRO。

「ほらね」

永井が言う。

帰り支度を終え、誰もいなくなった会場を眺め改めてでかいな、と思っていたところだった。ありがたい状況であるだけに、うるさい、とは言えない。私は口をモゴモゴさせて踵《きびす》を返した。

二時間飲み放題三千円の打ち上げが私を待っている。

3

「おはようございます」

「はい、おはよう。頑張ってるみたいだね」

「うす」

「これからも頑張って」

「うす」

先日挨拶を済ませたばかりの社長の背中を見送る。事務所を完全に出たのを確認して永井に訊く。

「怒ってない？　ねエ大丈夫なやつ？　あれは怒っているわけではない？」

「大丈夫だって」

「でも、表情難しくね？　あの表情は難しいっしょ」

「笑ってたじゃん」

永井が呆れたように言う。

リリースを済ませ、馬鹿みたいに売れたわけではないがギリギリなんとかなる数字を残せた我々は晴れて正式にeggmanの事務所に迎えてもらえる形と相成りました。

黙聴《だまてん》で音源を作り、あまつさえリリースまでさせた永井が一体どのようにしてその場を収めたのかは知らないが、どうにかうまくやってくれたようである。私は社長が去っていった扉をしばらく眺めた。

負い目引け目なく事務所のバンドになった我々は、堂々と次のシングルについての打ち合わせをしていた。現時点で話しておかなければならないことは大方まとまり解散したのだが、携帯電話を忘れたことに気が付き私だけ事務所に戻ったのだった。

そこでうっかり社長に出くわしたもんだから、みっともないことに気の利いた世辞の一つも言えなければ、闇雲に、「うす」を繰り返す始末。まア失礼はなかったという着地で、とりあえず気持ちを落ち着けた。

携帯電話をきちんとポケットに入れたことを確認して私は鞄を担ぎ直した。

「それじゃア、帰る。お疲れ様」

「お疲れっす」

帰る間際、永井のデスクに貼ってある一枚の写真が気になった。

「あれ、これって」

私が指した先に永井が視線を向けて微笑んだ。

「もうなんだか懐かしいっすよね」

それは新木場コーストで一年ほど前に行われていたイベントの写真だった。とあるバンドのステージに上がった永井が、無理矢理渡されたギターを抱えて笑っていた。

「[NOiD]出させてもらってから、なんかちょっと、改めて世界が広がった感じするよ」

私が今言った[NOiD]とは永井が主催しているイベントの方の[NOiD]である。彼が主催するイベントは主にメロディックコアと呼ばれるバンドが多数出演するイベントであった。

「なんか歌もののバンドがガツンとやった感じあったよね」

永井が言う歌ものとは、ざっくりジャパニーズポップミュージックのことを指す。

私はその時のことを思い出して言った。

「最初はさ、なんだこいつら、って目で見られてたのは間違いないじゃない。でもやっぱ真剣にやってると届くもんなんだなア、って思ったよ」

「そうねエ、後半からみんなしっかり聴いてくれてたもんね。まアそうなることはわかってたけど」

「本当かよ」

「まア、あれ俺のイベントなんで」

「調子いいな。でもとても嬉しい事だよね」

結成当初から、どのバンドと一緒に対バンを組んだらいいかわからない、とライブハウスの店長に言われていたこともあり、様々なジャンルのバンドと共演することには慣れていた。しかし、このイベントに出たことも相俟《あいま》って、対バンの幅がとても広がったように思う。

どこにも属するつもりも属されるつもりもなかったので、性根ではジャンルとかはどうでもいいと思っていた。あくまで区分けとしてわかりやすくジャンルという言葉を使う時があるが、それ以上の意味を自分は持たせたことがなかった。ジャンルとかオーバーとかアンダーとか、そこに誇りを持つことに対しては別段構わないと思っている。ただ私はオフコースから始まって、山下達郎が好きで、中島みゆきが好きで、チャゲアスが好きで、日本脳炎が好きで、Idol Punchが好きで、５４-７１が好きなのだ。連ねたらきりがない程に好きな音楽がたくさんある。好きな気持ちが縛れないのだから、縛らない気持ちで好きになって欲しい。

意識すらさせずに、区分けを排除して混在させられる存在になれたらロマンがある、と最近は強く思うようにもなっていた。

「次のシングルもしっかり売って、もっと楽しいことをしましょう」

永井が言った。

「そうだね」

結果が出なければ楽しいことが出来ないわけではない。ただ結果が出れば楽しいことが出来る可能性は増える。そもそもの「結果」ということに対する価値観云々ではなく、可能性が増える過程においてマイナスに転ぶことはないと私は思っていた。

次のシングルはアニメの主題歌に決まっている。メジャーを離れて初めてのことであった。どういった経緯でこのお話をもらえて、どういった経緯で物事が決定していくのかがしっかり見えている。当時とまるで違う。

我々はメジャーレーベルが持っているコネクションを越えて、タイアップをもらえるということの難しさを理解している。メジャーを経験して、自分たちでバンドを動かしている今があるからこそ、気持ちを向ける対象がわかる。

ジャンル、オーバー、アンダー、メジャー、インディーズ、そういったものを飛び越えて楽しいことがしたい。しっかり自分たちで楽しいことをしたい。

と、思っていた我々に、リリース直後、未曾有の事件が起こる。

というかぼちぼち飲み込めてきたが、未曾有のことしか、我々には起きない。

4

夕方になると涼しい風が吹くようになってきた。まだまだ暑いことには変わりないその中で、救われる思いになるのと同時にどこか物悲しさを感じる。他の季節では、おしまいに哀愁が漂うことなんてないのに。

とかいって遠い目をしていたら思わぬ連絡が入った。

『柳沢が入院しました』

永井からメールが届いたのは『らしさ／わたくしごと』という両A面シングルをリリースして程なくしての出来事だった。

詳しいことはわからないが、近々には先輩バンドに呼んでいただいているツアー、声を掛けてもらっているイベント、我々主催のイベントもある。彼の身を案じることはもちろんのこと、とりあえずできることから動かなければならない。

まずは緊急会議。

メンバー三人の意志で、そして話し合いに参加出来ていない柳沢もきっとそう言うであろうという判断のもと、ライブに穴を開けるのは避けようという決断に至った。数々のライブに対して、我々を楽しみに待ってくれている人に対して、そしてなによりSUPER BEAVERというバンドに対しての筋のような気がしていたからだ。

その日のうちに、柳沢に代わってサポートしてくれるギタリストを探すことにした。この人に、と思った人に、私は片っ端から電話を掛けた。

にわかに信じられないことだが、全ての人に快諾して頂くに至った。それぞれ多忙をきわめる中、調整してもらったスケジュールで、当面一ヶ月分のライブが穴を開けずに行える見通しがついた。

それを受けてすぐに先輩バンド、イベントの企画者、我々のイベントに出てくれるバンドに事情を説明、イレギュラーの編成で挑ませて頂くことは出来ないだろうかと伺った。

いただいた返事の全てが了承してくれるものであり、厚い心配も頂いた。

自分たちで活動をしていく中で、上っ面でない関係が築けていることに対する実感はもちろんあった。音楽を通じて向き合えた人と深まっていく関係に、音楽をやること以上の歓びを見つけることだってあった。しかしこんな不測のピンチに様々な人が何も惜しまずに協力してくれる姿勢に、親切に、厚意に、我々は人と気持ちを交換し合える日々の大切さを再認識するに至った。

いつの間にか、こんなにも大切な仲間が出来ていた。


柳沢の容態は思った以上に深刻で、予断を許さない状態が続いた。こんなことになるなんて思ってもいなかったので、皆、落ち着かなかった。

入院の報告を受けてから一週間。ようやく面会が叶った。

近くにいることが当たり前になっていた人が急にいなくなってしまうかもしれないという恐怖、喪失感、もう二度と同じメンバーでステージに立つことが出来ないかもしれないという絶望感。慢心、驕《おご》り、慣れ、そういったものも自覚し、褌《ふんどし》を締め直す思いであった。

何が起こるかわからない。当たり前などありえない。

わかっていたような気になっていたが、やっと会えた柳沢の顔を見てそんなことを強く思った。

同時に、久しぶりに柳沢のご両親が笑っているのを見た。この二人が悲しんだりしなくて本当によかったと、この時に何よりも思った。人の命はきっと、その人だけの命ではない。


それからおおよそ一週間で柳沢は一般病棟に移り、お見舞いが許可された。

手土産を持参して私は病院に向かっていた。もうこの後は回復する一方だ、と報告を受けていたので、緊張感を持たずに病院に行けるのがどうにも嬉しかった。

一般病棟に移ってからお見舞いにくるのは二度目だった。病室の前に立ち柳沢のネームプレートを確認して、部屋に入った。

「よオ」

「あ、ぶーやん」

「はい、これどうぞ、雑誌あるだけ買ってきたよ」

「こんなに読めないよ、ひひっ」

肝臓と腎臓を患った彼は水分を排出することが出来なかった。もうしばらくすると機能が戻り普段と同じ生活が出来るとのことだったが、柳沢は入院する前よりも二十キロも体重が増量していた。

そして入院期間中伸びたままになっている髭が口の周りを覆い、初めて見る黒縁の分厚いメガネ、トレードマークの金髪は風呂に入れずオールバックで撫でつけられていた。

生死を彷徨《さまよ》い、本当に大変な思いをした柳沢にこんなことを言うのはどうかと思う。ただ、もう心配する必要もなくなり、我々もなかなかの緊張から解き放たれたのだから大目に見てもらいたい。

前回のお見舞いの時から思っていた。

彼の見た目がかなり面白い。

柳沢は言った。

「ここじゃなんだから、応接室の方に行こうか。ひっひっひ」

脚の付け根に点滴をしているため座る姿勢を取ることが出来ない柳沢は、未だかつて見たことのないリクライニングの車椅子にふんぞりかえるような姿勢で乗っていた。ゆっくりと病室を出た彼についていく形で応接室を目指す。

偉そうだ。

その姿勢を余儀なくされているため本人に悪意はないのはもちろんわかっている。今の見た目だって面白くさせようと好んでやっているわけではないのも重々承知している。

ただ、悪意があろうとなかろうと、好んでやっていようといまいと、具合が悪いくせに偉そうなのは、まじで面白い。

「ついたよ。ひっひっひ」

この、ひっひっひ、という笑い方は大部屋で笑う時の彼なりの配慮であるらしいのだが、すっかり癖になってしまったという。

「その笑い方、逆に耳につくんじゃないかな」

「ひっ、うそ」

「多分病室で噂になってると思うよ」

「それひどいね、ひっひっひっひっひ、ふご」

「あ」そしてこの笑い方は鼻腔に負担になるらしく、笑いが過ぎると豚鼻になってしまうようなのだ。「またなったね」

「ひっひっひっ、ふご、ひひっ、ふご、ふご」

そして豚鼻になってしまうと、自身によるそれが彼はかなり面白いらしく、さらにそれを指摘してやることで完全に彼のツボに入るようなのだ。

「ほら、また」

「ふご、ひっひっひ、ひひ、ふご、ひひひ、ふご」

「まただ、ほら」

「ふご、ふご、ふご」

「またなった、またなった」

そろそろ来るぞ、と私は思った。前回と同じパターンであればもうぼちぼちだ。彼の見た目やその他諸々にずっと笑うのを我慢していた私であったが、前回はこれで我慢の糸が切れたのだ。もう心配はいらないとはいっても、彼は今だってそれなりに辛いはずなので、笑ったりするのはやはり配慮に欠ける行為だったと思う。今回はしっかり耐え抜くと心に決めた。

「ひひひひひひ、ふご、ふご、ひっひっひっ、ふご、ふご」

すると彼が隣に携えている点滴の機械がけたたましい音を立てた。

「ピ――――――――」

ほら来た。

甲高い音が病院中に響き渡った。

前回に倣うのであればこのあと看護師さんが飛んできてこの音を止めるべく奔走するはずだ。遠くから看護師さんがパタパタと駆け寄ってくるのが見えた。

「どうしました、柳沢さん」彼女は柳沢の傍《かたわ》らにかがみ込むと、点滴の機械のあちらこちらを一生懸命触り始めた。

「ふご、ふご」

「昂奮《こうふん》して、機械反応しちゃったかな、今止めますからね」

看護師さんが機械をいじる。しかしなかなか音は止まらない。

「ピ――――――――」

「ふご、ふご、ひひひ」

「あれおかしいな」

「ピ――――――――」

「ふごふご、ふご、ひっひっひ」

「ちょっと笑うの我慢してもらえますか」

「ピ――――――――」

「ふご、ひっひっひっひっひ、ふご」

「柳沢さん」

地獄だ。私はその横でゲラゲラ笑った。


「またやっちまったよ、ひっひっ」

「なんかお前さんキャラまで変わった?」

「そんなことないよ、ひっひっひ、ふご」

「やめろ、笑うな」

ようやく落ち着いた柳沢と一緒に私は病室に戻った。横になった彼の傍らに腰掛け、部屋をぐるっと見渡した。四人一部屋のこの病室は一人一人にベッドとテレビ、簡易的な棚に椅子が一脚ずつ。清潔感があり、快適そうに見えた。

「綺麗な病院でよかったね」

「うん」

返事をした柳沢をなんとなしに見ると、彼がお腹の上で水筒を抱えていることに気が付いた。どういうわけか愛おしそうに、ゆっくり撫でている。

「それ何」

私は訊いた。柳沢は水筒をひょいと掲げて答えた。

「水筒だよ」

「わかるよ、それくらい。何が入ってるの」

一日で摂取していい水分量は病院から定められているらしく、この水筒に入っている玄米茶が本日の支給分だと彼は教えてくれた。一日五百ミリリットル、この玄米茶が何よりの楽しみだと、そう語る彼は目を細めて初孫に向けるような視線を水筒に落とした。

なんとなしに私がその水筒に手を伸ばしてみると、彼は強めの剣幕で「触らないで」とそう言った。抱きかかえてどこにも行かないように、誰にも触れさせないように守っている。

私の中の何かが少し疼《うず》いた。

替えがきかなかったり、大切な誰かからもらったものであったり、高価なものであったり。そういったものであったなら絶対疼かない何かだった。彼がこれだけ大事にしているのにこんな言い方は悪いのだが、対象がただのお茶だからこその気の揺らぎだと思われる。

正体は、例えばこれを私が少し飲んでみたらどうなるのだろう、という好奇心だった。

飲んだら怒るだろうな。でも飲みたいな。飲んだら怒られるかな。でも飲みたいな。飲んでみようかな。うん、飲もう。

二秒ほど悩んで決意。鎌首をもたげた好奇心の赴くままにことの顛末を委《ゆだ》ねてみることにした。

「柳沢くん」

「ん」

「あれ何」

私は窓の外を指さした。もちろんその先には何もない。ただ柳沢の興味を逸らすためだけの行動である。

「え」

なんの疑いもなく柳沢は窓の外に目を向けた。

治安のいい自由が丘なんて街で生まれたからこんなに素直なのかもしれない。歌舞伎町で生まれた私は、誰かといる時はたとえ眠る時であっても目を開けていなさい、と教えられていたのに。

彼が持つ純朴さに罪悪感を覚えた。しかし私が一度抱いてしまった好奇心はそれよりも強大だった。そうなると自制が効かぬのが私の性《さが》。気が付くとサッと手を伸ばしていた。いともも簡単に奪取。いただきます、と心で唱《とな》え水筒の蓋をサッと回したその刹那、私の手元から水筒が消えていた。

一瞬の出来事だった。何が起きたのか全く理解出来ず、柳沢の方を見た。

手元でがっちりと水筒を握る彼の手には、力を込めた時に浮かび上がる筋がこれ以上ないという程バキバキに浮かび上がっていた。よく見ると水筒は彼の指の形にベッコリと凹んでいた。サッと視線を上げて表情をうかがうと、真っ赤に充血した目がこちらを睨んでいた。額に幾筋もの血管を浮かび上がらせて、口からはフーッ、フーッ、と細く強い息が漏れていた。

怒りや憎しみや悲しみが、禍々《まがまが》しく彼の全身を覆っている。ぬめぬめと渦を巻くように広がる凶暴性のオーラの一端が私に触れたその刹那、私の中にある動物の本能がヤバイと告げた。捕食される寸前の草食動物が感じとる危機感はきっとこういうものだと思われる。すぐに的確な行動をとらなければ最悪の結果が待っているのは火を見るよりも明らかだった。

コンマ一秒の間に分析。水筒を持っている左手での攻撃の可能性はおそらく低い。来るとしたら右手、横になる彼の体勢から考えるに下から掬《すく》い上げる形でのアッパーカット。右に避けるか、左にいなすか。

するとご柳沢が耳をつんざくような咆哮《ほうこう》をした。

「キィィィィィィィィィィ！」

形容し難い恐ろしい声だった。強いて言うならば、雷が轟く瞬間に空から聞こえる「ピシャ」という高い周波数の音に酷似していた。

まじ怖い。自分の身体の内側から筋肉が収縮していくのがわかった。このままだと完全に動けなくなってしまう。相手の行動に合わせている場合ではない、なりふり構わず逃げなければ。しかし、僅かにその判断が遅れてしまったのだろう、脚に力を込めるが、膝が抜けたようになってしまい動けない。咄嗟に拳を固めて自らの太ももを思い切り叩くとようやく身体が反応した。踵を返し、なりふり構わず地面を這うように駆けた。それと同時にものすごい風圧と、何かが背中を掠《かす》めていった感覚があった。それがなんだったのか振り向いて確認している余裕はない、私は病室を転がり出た。

一目散に退散すると、再び柳沢が吠えるのが聞こえた。言葉にならないそれは、私の耳には「玄米茶」と鳴いているように聞こえた。

全力で逃げる私は、パタパタと走る看護師さんとすれ違った。一度も振り返らなかった。背後から微《かす》かに聞こえた。

「どうしましたか、柳沢さん」

「ピ――――――――」

「あらあら、また昂奮しちゃいましたねエ」

家に着いた私は、冷や汗でぐっしょり濡れた身体をシャワーで流そうと服を脱いで驚愕した。鋭利な刃物で裂かれたようにTシャツの背中がぱっくりと開いていたのだ。裂創《れっそう》は四本、人が親指を除く四本の指を広げたくらいの間隔で並んでいた。

価値観は人それぞれに違う。たとえ自分にとっては些末《さまつ》なことだと思っても、人の楽しみをたかだか好奇心程度のもので穢《けが》してはならないのだ。震えながら肝に銘じた。

二ヶ月バンドを留守にした柳沢であったが、無事に復帰することが出来た。

本当によかった。

第11章　フェス

1

優雅だった。ハイエースワゴングランドキャビンは機材を全て積み込み、物販、我々の荷物を全て乗せてなお、メンバー一人当たり二席を確保することが出来た。

クッション性に富んだこの座席は、ツアーで疲弊した身体を横たえることも可能で、今までのSUPER BEAVER号と比較をすると天国に近い環境であった。京都までの道のりを苦行と思わずに向かうことが出来る日が来るなんて、思いもしなんだ。

やっぱりバンドマンはハイエースっしょ。

心からそう思った私は、ライブに向かう道中にハイエースワゴングランドキャビンのシートをバシバシと叩いた。

「ぶーやん、それやめて」

運転席で永井が言った。バックミラー越しに困ったような視線をこちらに向けている。

「なんでだよ、俺たちのハイエースだぜ。最高な気分に水をささないでくれよ」

「いや、俺たちのっていうか事務所の車なんで」

eggmanに所属するバンドが入れ替わり立ち替わりで機材を載せ替えて使うこの車に乗るようになってから、道中のストレスは減った。しかしそれぞれの都合でこの一台の車を使うため、ライブの度に事務所で機材を積み、ライブが終わったら事務所に機材を下ろさなければならなかった。オンステージする先でも同様のことが行われるために、我々は一回のライブにつき四回も機材の積み下ろしを行っていた。一つ楽になって、一つ負担が増えたのだ。

「自分たちの車が欲しい。もう機材積んだり下ろしたり面倒くさい。俺の機材なんて一つもないのに機材積んだり下ろしたり面倒くさい」

「そういうこと言わないの」

永井にたしなめられて私はプイッと窓の外を向いた。視界の隅、前の座席で小刻みに震える背中が目に入ったので私は言った。

「柳沢、メソメソうるさい」

「だって」

「だってじゃない。いいかげん慣れなさいよ、もう何ヶ月経つと思ってるんだ」

「俺だけお別れを言えてない」

柳沢が病欠中の出来事だった。

SUPER BEAVERは東京公演、富山公演、大阪公演、移動日、岡山公演という五日間で四本オンステージをする、なかなかにハードな行程の中にいた。

東京公演は我々の自主企画。病欠で三人になった我々を、サポートのギタリストと、この編成でもオファーをそのまま受けてくれたバンドが支えてくれた。ライブが終わってすぐ東京を出発しなければ富山での公演に間に合わなかったため、会場となったeggmanで軽く乾杯をして、急いで車に乗り込んだ。

「支えてもらってるねエ」私が言った。

「支えてもらってますね」上杉が言った。

「本当だね」藤原さんが言った。

深夜の高速道路を駆けるSUPER BEAVER号が唸りを上げる。この車が唸りを上げると車内での会話が困難になるため、声を張り上げなくてはならない。

「そういえばさー！」

私が言うと、上杉が応えた。

「何ー！」

「柳沢のお見舞い、もう行かない方がいいよー！」

「なんでー！」

「殺されるよー！」

我々は一路富山を目指した。

目が覚めるとどこかの駐車場にいた。あたりが少し明るくなっていたのでかなり時間が経ったようだ。板のような座席からずりずりと身体を起こす。同じ姿勢で眠ると相当身体に堪《こた》える。バンドマンはオンステージする仕事であると同時に、移動する仕事でもあるのだ。

「痛ててて」長時間の運転でかなりくたびれた様子の永井が運転席で言った。

「泊まったりする時間はないっすねエ、とりあえずスーパー銭湯で風呂入って、一時間くらい仮眠とりましょうか」

永井が外を指さすと浴場施設の入り口があった。

「運転お疲れ様。そうしますか」

そう言いながら私は堪えきれずに大きな欠伸をした。時間を確認すると朝六時の少し手前だった。まだ弱い朝日がフロントガラスから差し込んでいた。永井も欠伸をした。

「とりあえず、ここが営業開始するまで一時間くらいあるんで、少し待ちでお願いします」

無理矢理な姿勢で眠る。運転席で永井、助手席に藤原さん、後ろの三人掛けの板に私と上杉とサポートのギタリスト。ぎゅうぎゅう詰めの車内、サポートでギター弾いてくれてこんな環境で申し訳ねエと思いながらまた微睡《まどろ》む。

スーパー銭湯の営業が始まると同時に我々はなだれ込む。大きな風呂に浸かって、少しだけ眠って、リフレッシュ。

「さ、今日も一丁やったりましょう」

自動ドアを出て、SUPER BEAVER号を目指して歩く駐車場。元気が戻り飛び跳ねる私を、保護者の顔つきで見ていた藤原さんの顔が一瞬曇った。

「どうしたの」

私が訊ねると、八の字の眉をさらに下げて11みたいにした藤原さんが言った。

「なんかさ、臭くない」

「おならしたの」

「違うよ」

彼は11の状態の眉毛をまたさらに下げて、Vみたいな形にした。なんだこれどうなってんだ、とじっと観察していると藤原さんは言った。

「ガソリン臭い」

隣で上杉が鼻をひくつかせた。「確かに」

異常な事態に我々は、しばらく方々を警察犬のように色々嗅ぎ回ってたが、やがて地面に伏せた状態になった永井が声を上げた。

「あ！」

彼のもとにみんなが集まる。永井がSUPER BEAVER号の下を指さして言った。「これ、やばくね」

　ガソリンが漏れ出していた。まさか自分たちの車からそのにおいがしているとは思わなかった。

　いろいろなガタがきているのは知っていた。往復二千キロを数本含む過酷な行程を年間に百本、二年以上も走り続けているそもそもが中古であるこの車は、我々が思っていた以上に疲弊しきっていたのだ。最近は上り坂になるとめっきりスピードも出なくなり、ブレーキの利きかたも若干怪しい時があったが、騙し騙し使い続けていた。いきなり、というより、とうとうきたか、という感覚に近かった。

　これはやばいとすっかり馴染みになったＪＡＦを呼ぶも、このまま走り続けるのは危険という判断で、レンタルした車に機材を全て積み替えなければならなかった。とりあえずSUPER BEAVER号はレッカーで、最も近くの車屋さんに運んでもらうことになった。

　その間に我々はしっかりオンステージ。昼間に行われた公園でのイベントだったので夕方には出番を終えた。次の目的地である大阪までは、ここからぐるっと迂回しなければならないために五百キロ近くある。今日取れなかった分、睡眠もしっかり必要だと思ったので、我々は夜中のうちには大阪に到着したいと思っていた。なのでステージの終わりしな車屋さんに連絡を入れて、さっそく荷物をまとめた。

「どうでしょうか、修理終わりそうですかね」

永井が訊くと、車屋さんは腕組みをしたまま言った。

「無理だね、これは」

「え」

我々は困惑した。そうなるとこのままレンタカーで岡山までの行程を走り抜けなければならない。まア正直こちらの車の方が断然乗り心地がよかったので別段構わないかなア、と一瞬思ってしまったのだが、苦楽を共にしたSUPER BEAVER号である。いつでもどんな時でもそばにいるのがバンドワゴンだ、とも思っていた。そこをなんとか、と私が口を開こうとすると、その前に永井が訊いた。

「何日くらいかかりますか」

すると車屋さんは目の前で手を大きく振り、とんでもない、といった様子で言った。

「無理だよ、これ。廃車にした方がいい」

「え」

「だってこれ、シャフト折れちゃってるもん。ガソリン漏れてるとかそういう以前の問題だよ。というかよくこれで走ってたね」

ガ――――ン。

驚いた。労働基準法などあったものではない。骨折させて尚、我々は今日のうちにまだ走らせようとしていたなんて。

しかし、こちらの都合ばかりで申し訳ないのだが、車がないとかなり困るのだ。どうにか修理が出来ないものかと訊いてみると、新車を買った方が余程安くつく、と言われてしまった。

「え。この場で、お別れということですかね」

私は恐る恐る車屋さんに訊いてみた。

「うん。そうだね」

あっさりと言われてしまった。まア、会ったばかりで情を持てというのも無理な話ではあるが、こんな言われようだとこの車だって立つ瀬がない。長い間を共にしてきたのだ。下手したら家にいるより車に乗ってる方が長いのではないかと感じた日々も少なくない。この車と過ごした時間は伊達ではないのだ、無理だと言われて簡単に手放してしまうほど希薄な繋がりではない。不屈のSUPER BEAVER号を舐めてもらっては困る。

「乗って帰ります」

「ぶーやん」

一同が、私の発言に驚いていた。

「ずっと一緒に旅をしてきたんです。ここでお別れです、と言われて、はいそうですか、は出来ないんです。ここまでも、これからも、この車と走り続けます。引き取らせてください」

「あのね」

「なんでしょう」

車屋さんは言った。

「だめ。まじで危ない」

危ないのは怖い。私は引き下がった。


メソメソし続ける柳沢に言った。

「立派な最後だったよ」

「うん」

「なのに、お前さんはその場にいないなんてな。あんなにお世話になったのにどういう気持ちなの。入院してた柳沢くんよりも具合悪いのに、文句の一つも言わず懸命に走ってくれたSUPER BEAVER号に対して、労《ねぎら》いの言葉一つもないなんてね。薄情だよね、うん、なんか、かわいそうだよ」私は柳沢の肩にポンと手を置いた。「待ってたと思うよ、お前さんのこと」

柳沢は声を上げて泣き始めた。私は到着まで眠った。


その数日後。

「京都大作戦のオファーが来ました」

永井からそう告げられた時、我々は大いに驚いた。京都大作戦というのは10-FEETというバンドが主催するフェスだ。もちろんそのフェスのことは知っていたし、存在しか知らないというのが悲しいところであった。

いわゆる大型フェスと呼ばれるものに、我々は一切無縁だった。フェスに出るために活動をしてきたわけではなくそのスタンスを変えようと思ったことは一度もないのだが、出てみたい、というのは本音だった。しかし、その事業が慈善で行われているのではなく商売であることは揺るぎのない事実であるので、集客の出来ないバンドが呼ばれるなんてことはほぼ起こり得ないと思っていたのだ。

メジャーを経験した後の自分たちだけでの活動もなんだかんだ長くなり、お金、というものが占める割合の大きさは理解していた。悲観的ではなく、現実として。だからこそ呼ばれないことに文句を言うことがお門違いだとも思っていたので、どうにも歯痒い思いでいた。

「なんで、また」

「いや、こないだのライブに10-FEETのメンバー来てくれてたでしょ。SUPER BEAVERのライブを観た上で声掛けてくれたみたいだよ」

先輩がわざわざ足を使って我々のステージを観に来てくれたことに感謝して感動したあの日だ。そして、行きの車で柳沢を号泣させた日であった気もする。

私自身、現場に足を運ぶことを重んじていた。それは単純にオンステージする様を観るのが好きだからということもあったが、観ずして、聴かずして吐かれる言葉の薄っぺらさを知っていたからだ。だから現場から派生して話をしてくれる人のことを信頼していた。言い方はすごく悪いが、正直なところ売れてても素敵な人っているんだなアと思った。

「どうしよう、嬉しい」

ステージを観てくれて、オファーを頂けるに至る。バンドマンが呼ばれる理由として、これ以上の理由はなかった。

夏フェスシーズン、なんて言えないくらいには他人事だった。いいなア、と指を咥《くわ》えて過ごす夏にはもう飽きていたので、丁度いい頃合いであった。

2

四月の一日、［NOiD］に所属してから二枚目のアルバム『愛する』をリリースした。

本日の打ち合わせは、早速始まるリリースツアーに向けてのものだった。

前回のツアーから東京以外でも何カ所か、売り切れになる会場が出てきた。足繁く様々な土地に自分たちで出向くようになっての五年間は、イコールどうやったら単独公演でソールドアウトさせることが出来るのだろうかと、各地のライブハウスの店長と朝まで飲みながら話した年数でもある。

売り切れたことを、我々以上に歓んでくれる店長がいることが嬉しかった。

もちろん観にきてくれる一人一人のためのステージで、それが全てだ。ただ朝まで飲みながらそういう人が歓ぶ姿を見て、それで我々が嬉しくなる現場を今回のツアーでもたくさん作れたらいいなア、と思った。

「さて、それじゃア今日はこんなところかな。お疲れ様でした」

永井が言って、我々はやおら立ち上がる。

シングルのリリースで打ったツアーが年末に終わったばかりであるのにまたツアーだ。悪くない。そしてツアー中だろうがなんだろうが好きなバンドに声を掛けてもらえるなら、お呼ばれしている我々はやはり寝ても覚めてもライブだ。全然悪くない。

私はただでさえ入っていた気合いを、さらに入れ直すために二、三度スクワットをした。

「あ、そういえば」そう言った永井に我々は視線を向ける。「借金完済です」

時が止まった。

「なんて言った」私は訊いた。

「今なんて」柳沢が訊いた。

「借金がなんだって」上杉が訊いた。

「完済ってどういう意味?・」藤原さんが訊いた。

我々の質問の意図を理解していないのか、キョトンとした永井が、然《さ》もありなんといった具合に答える。

「え、だから、肩代わりしてたお金、もう全部払ってもらいましたよ。したがって今月からバンドが稼いでくれたお金は四人にも分配できます」

この一つの呪縛から解き放たれた気持ちを、一体なんと表現したらいいのやら。誰も二の句が継げず、その場に立ち尽くした。

我々は今まで、アルバイトで得た収入のみで生きてきた。当初からバンドの収益は全て活動のため、ここ数年間は活動と借金返済のために使ってきた。よって、音楽の活動でお金をもらうということを未だかつて経験したことがなかったのだ。そういえば廃車になってしまったSUPER BEAVER号のローンの返済もつい最近終えたばかりだった。

「今月はこんな感じですね」

永井は我々にざっくりの金額を提示した。

目を疑ったが、我々が毎月に稼ぐアルバイト代よりわずかに高い金額がそこにはあった。

「バイト辞められるじゃん」

上杉が言ってハッとした。我々は思った、バイト辞められるじゃん。

永井が言った。「まア単純計算でいったらそうなりますね。ただ、SUPER BEAVERは固定給ではなくて、活動の歩合によって金銭をもらうっていうのがメンバーの希望だったよね。だから今月はこういう金額だけど、来月からはまだどうなるか――」

ここらへんまで永井が話した時には、誰もそこにはいなかった。

それぞれがそれぞれの働き先に、今まで本当にお世話になりました、と深く頭を下げに向かっていた。


三十歳を目前にアルバイトで生きているこの毎日に、少し心が苦しくなっていた。バンドマンだと胸を張りたい一方で、アルバイトでご飯を食べていることの自覚が歪《いびつ》な形で強まってきたからである。

描く未来に向かう姿勢を恥じることはなかった。しかし同級生が仕事で稼いで家庭を持つ姿をはたで見て、自分より年下のバンドが注目されては売れていく姿を下から見て、その度に卑屈になる自分を発見しては落ち込んだ。

自分たちで音楽をしている楽しさだけをガソリンに突っ走ってきた毎日にエンプティーランプが点っていることに気付いてしまって、このままでいいのか、とそれまで抱いたことのなかった感情が、アルバイトでクタクタになった夜なんかに急に心の真ん中にいたりした。

一人でも聴いてくれる人がいればいい。と、いうのはマインドの話であって、ご飯が食える食えないの話とは少し別である。どうせなら素敵だと思ってくれたその対価でご飯を食べたい。好きなことで飯を食う。そんなことは絵空事だと愛想を尽かしきってしまう、一歩手前のことだった。

バイト先のみんなは寂しがってくれたが歓んでくれた。入店した順に名前が出るPOSシステムの一番下に表示されていた自分の名前が、気が付けば上から三番目になっている。先輩がバイト先を卒業していく姿を見ていた自分が、いつしか後輩をも見送るようになった。ようやく自分の番か、とこんなに感慨深い気持ちになるとは思わなかった。

「もう戻ってきませんので」

みんなに笑顔で言った。もちろんガンガン虚勢である。

こんな自分でも可愛がってもらって、懐いてもらった（多分）。念入りに、何度も頭を下げた。

3

『NAOKIさんと飲みに行くんだけど、今から渋谷に来られませんか？』

永井からメールをもらい私は家を飛び出した。アルバイトを辞めて数日後だった。

NAOKIさんとは10-FEETのベーシストである。京都大作戦のオファーを頂けた件、改めて挨拶が出来るとあれば雷雨でも豪雪でも行く気概でいた。携帯電話と財布だけ持って、私は電車に飛び乗った。

人がごった返すハチ公の前で永井が待っていた。

「急な連絡ごめん」

「いやいや、ありがたいよ。ちゃんと話すのは初めてだからなんだか緊張するな」

「10-FEETだもんね」

「10-FEETだもん」

自分が高校生の時分から、第一線を走り続けているバンドだ。存在を知ってから十年以上になる。私は舞い上がらぬよう、気持ちを落ち着かせてから言った。

「それじゃァ行きますか」

「あ、やなぎも呼んだんだよね」

「あ、そうなんだ」私は思案した。「そうか」

柳沢が来るのはもちろん構わない。苦楽を共にした仲間であるのだから当然である。ただ私が懸念しているのは、そこにお酒がある、ということだった。柳沢もいい、お酒もいいだろう。しかし柳沢とお酒が一緒になるのは正直いただけない。

彼は露骨にお酒に飲まれる男だった。ドラマやアニメで表現される酔っ払いは、飲んだ柳沢を見てから大袈裟なものではなくなっていた。落ちたり泣いたり怒ったりしない分、まだマシなのかもしれないが、柳沢は酔うと本当にうるさい。楽しそうなのはいいのだが、自分は酔っていて今とてもうるさいという自覚を全く持てないため、誰かの逆鱗に触れてしまうこともあった。

随分と前になるが、しっかり出来上がった柳沢と同じくらい完成した上杉が喧嘩をしたことを思い出した。二人とも武闘派でないため止めるのは難しくなかったが、なかなかに面倒くさかった。思い出そうとすれば、そんなこと他にも幾らだってある。

「遅くなりました」

柳沢が到着した。

「お前」私は釘を刺しておくことにした。

「何」

「本当に、気を付けて飲めよ」

「あはは、はい。気を付けます」

私にとって柳沢とお酒は鰻と梅干しだった。そして酒が入った柳沢と先輩は、スイカに天ぷらなのだ。

三人は予約を入れてある居酒屋を目指した。

私の心配が杞憂で終わればいいと心から思っていた。ただ本当に思っていたのであれば、柳沢に刺したはずの釘がハチ公の前に転がっていることに、気が付くべきだったのだ。

NAOKIさんがやってきた。我々は乾杯をして改めて、この度は、と気持ちを伝えた。

フェスに出るというのは、たくさんの人の前で音楽が出来るということだ。たくさんの人の前で音楽をしたいと私が思う理由は、全く別の人生を歩んできた個人が一つの会場に集まり、目の前の音楽を中心点として刹那的に個がクロスオーバーする瞬間を、人数こそ違えどライブハウスで体験してきたからである。「わかっているのなら、すぐに自分たちでやればいいじゃない」と自然な道理でそう言いたくなる気持ちもわかるが、そんな風に簡単に卸してくれる問屋はいないのだ。きちんと調べたわけではないが、合羽橋《かっぱばし》にも馬喰町《ばくろちょう》にもおそらくいない。

たくさん人がいると楽しいよねエ、は響きに反して大変に難しいのだ。

みんなで一緒に、とか。手を取り合って、とか。まやかしの一体感なんてものには微塵の興味もない。個人個人が一体感など度外視して向いた方向が揃った時の物凄いロマンを、フェスの規模でSUPER BEAVERが作れるかもしれないのだ。そしてその現場が10-FEETの京都大作戦という血の通ったフェスであるのだから、嬉しいに決まっている。

という旨を先輩に暑苦しく伝えた。

「ありがとな」

NAOKIさんは優しく受け止めてくれた。情熱を込めて話す私の隣で柳沢が店員の女の子を呼び止めた。

「すみません、同じのください」

私は先輩に聞かれぬよう小声で言った。

「ペース早いから」

「大丈夫だよ、まだ二杯目だから」

柳沢の表情をうかがうと、確かにまだ大丈夫そうであったのでオーダーをそのまま通すことにした。やがて運ばれてきた麦の水割りに、美味しそうに口をつけるその姿は今はまだ可愛らしい。このまま終わってくれ、と心から願った。

それから二十分後。柳沢が再び店員の子に声を掛ける。

「あの、これと同じの、濃いめで」いよいよやばいと思って注意しようとすると、柳沢は私を制すように間髪容れずに言ったのだった。「ぶーやん、俺まだ酔ってないよ」

一番聞きたくない言葉だった。

何年も共にしているからわかる。その何年の間で開かれた酒の席で、私が柳沢に注意した数は三桁にのぼる。そして彼もその都度思ってくれていたはずだ、次は注意されないようにしよう、と。しかし彼は残念なことに、注意されないような行動を心掛けようとするのではなく、注意されないことを心掛けた。

いつからか彼は口癖のように言うようになった、「ぶーやん、俺まだ酔ってないよ」と。彼が注意されないことだけを考えて口にする、とっておきの免罪符のようなものなのだ。しかし経験上、これは「ぶーやん、俺もう記憶ないよ」と同じ意味だった。

半ば諦めながら私は柳沢の顔を見てみた。悲しい気持ちになった。二杯飲み干した段階で、その顔は九割以上出来上がっていたのだ。入院を経てますます酒に飲まれるようになっていたのは正直計算外だった。自分の読みの甘さに猛省した。

緊急事態であることを目だけで永井に伝えると彼はサッと目を逸らした。それでもマネージャーかよ、と思い、先輩の隣に座る彼の向こう脛をテーブルの下で蹴り飛ばした。

程なくして永井が急いで水を注文したが、もう後の祭りだった。柳沢は我々の目を盗んでNAOKIさんに話し掛けた。

「あのオ、ほんとオにありがとございあす」

「もうええで、そんな言わんでも」

「俺ねエ、あのまじで嬉しいんすよね、すごくないっすか、大作戦す、まじで」

彼の上瞼は一直線になっており、分度器を逆さまにしたのと同じ形の目をしていた。力不足で不甲斐ないのだが、彼を酔わせないようにすることは既に失敗と断定していい。こうなったら粗相がないうちに彼を帰宅させることに尽力するのみだった。

柳沢の荷物を彼が見ていないうちにまとめ、永井に渡す。しかしこういう時の視野が無駄に広い柳沢は、その様子を察知して言った。

「おウぃ、なアにしてんだよオ」

私は気を遣っているのが馬鹿馬鹿しくなって正直に言った。「もう限界だ、もう帰ってくれ」

「なアんで。意味わからん。それより」そう言って彼はNAOKIさんに向き直った。「感謝っす」

NAOKIさんは苦笑いで柳沢を見ていた。まだ大丈夫だ、苦笑いのうちであれば私がいくらでもフォロー出来る。私は言った。

「いや、久々に楽しくて、こいつ早々に酔っ払ったみたいです」柳沢を立たせようと私は彼の腕を掴んだ。

NAOKIさんは笑顔で言った。「そうなんか、でも俺は」そこで先輩の言葉を完全に遮って柳沢が声を上げた。

「いや、そんなことないっすよ！　酔ってはいない、まじで」場の空気が変わった。もちろんよくない方に。「いや、感謝なんすよ、10-FEET。うす」そして私の手を振り払い、勢いよくグラスをテーブルに叩きつけた。「あとオ！」

もう本当に何も喋らないでくれと思った。ただしかしこうなったら何人たりとも柳沢を止めることは出来ないのはわかっていた。スター状態になった彼の隣で私は、祈ることしかやることがなくなった。

何を言うつもりなのだろう。静寂があたりを包む。柳沢がフニャッと笑って言った。

「優しいっすよね」

NAOKIさんに向けて放たれた言葉に、私は胸を撫で下ろす。少しだけピリッとした空気が和んだ。先輩は優しく柳沢に言った。

「そんなことないやろ」

発言を遮られ、目の前で明らかに酩酊《めいてい》している後輩を見てもそんなふうに出来る先輩の姿を見て、私は感銘を受けた。柳沢は言った。

「いやア、優しいっすよオ」

「誰が」

柳沢はそう言われて笑ったままの表情でしばらく動きを止めた。「あの」そして何かを考えた後、先輩をゆっくり指さした。かなりやばそうな空気が流れた。「えーと」

嫌な予感しかしなかった。そして嫌な予感しかしない時というのはどうして十中八九的中してしまうのだろう。一度真顔になった柳沢だったが、わざとらしくヘラヘラして見せた。

そして、あは、っと笑って言い放った。

「あの、あなた名前何でしたっけ」

衝撃だった。私は普段スピったりすることはないがこの時だけは未来が見えた、京都大作戦のオファーが取り下げられる未来がはっきりと。

しかし反射神経とは怖いもので、誰にも気が付かれぬうちに私の右拳は柳沢の顎を掠《かす》めるように、寸分の狂いもなく射抜いていた。

ゆっくりとしな垂れる彼の身体を抱え私は必要以上に大きな声を出した。

「あれ！　潰れちゃったな！　ちょっと私こいつ送ってきます！　失礼します！」

永井も大きい声で言った。

「すみませんNAOKIさん！　グラスが空ですね！　さ！　飲みましょ！」

柳沢を担いで店を出た。私は怖すぎてNAOKIさんの顔を一度も見ることができなかったが、絶対に聞こえてたと思う。私は怒りに任せて柳沢をアスファルトの上に転がした。

「いてエ」

柳沢が目を覚ました。

「お前、自分がしたことわかってるのか」

私が怒っているとみて、柳沢は滑舌に気を使いながら言った。

「ぶーやん、俺まだ酔ってないよ」

翌日震える手で永井に電話を掛けて様子をうかがうと、どうにかその場をおさめてくれたようであった。

二〇一五年、無事にSUPER BEAVERは初めての夏フェス出演を果たす。バチが当たったのだろう、野外ステージはバケツをひっくり返したような土砂降りだった。

第12章　十周年

1

私は慎重な男だ。石橋を叩いて渡らなければ心配なのだ。出来ることなら石橋を壊れるまで叩いて叩いたその場所を補強して、補強したその部分を何人かに渡らせた上で経過を見た後に、命綱をつけてゆっくり渡りたい。

あらゆる局面において必ず一度はブレーキを踏み込む私をフロントに置くSUPER BEAVERは、だから苦労が絶えない。

「無理だって」

だからこの時も同じく。

腕を組んだ姿勢のままソファの背もたれに身体を預け、提案された議題をろくすっぽ考えもせず怖いという理由だけであっさり否定出来るのが私だ。新しい風を社内に吹かせようと若いのが折角持ってきた革新的なアイデアを通説のみを後ろ盾にして古びた刀でバッサリと切る、自らの成長をとっくに諦めた会社の重役よろしく、私は組んだ腕を解かなかった。

初めてのフェスを無事に経験出来た我々は、アルバムのリリースツアーのファイナル恵比寿のLIQUID ROOMを辛くも売り切った。そしてただもっと対バンがしたいから、という理由で組んだ次のツアーのファイナルを赤坂BLITZの単独公演に設定した。過去最大のキャパシティであることと、恵比寿からおおよそ二ヶ月後という短すぎるスパンに、その時も私は大いにごねたが、なし崩し的にいつの間にか決定に至っていた。

その公演を間近に控え、我々は永井に招集をかけられたわけだ。

いざ、話を聞いて思った。今回は少し訳が違う。慎重派の人間でなくてもこの石橋は叩きまくるべきだ。私は言った。

「大体さ、来月の赤坂のキャパが千二百人でしょ、恵比寿から三百人増えて実際問題今ヒーヒー言ってんじゃん。だから普通に考えて無理だよ」

永井がそれに応える。

「でも、まアほら、Zepp DiverCityの空きなんてなかなか出ないんだから」

はい。

本日の議題はこれだ。

急遽Zepp DiverCityで空きが出たのですが、SUPER BEAVER如何《いかが》です？　との提案をイベンターからもらったのだという。

イベンターとは各地に点在する興行を専門にする会社のことだ。そのイベンターが、押さえていた日程の中で急遽出た空き日を、是非にと提示してくれたというわけである。我々の活動を見てくれていたが故の提案だったので無下にはしたくなかったが、それとこれとを混合させて考えてはいけない。

「チャンスじゃない」

「チャンスじゃない」

前者が前向きにおうかがいを立てる永井の言葉で、後者が後ろ向きに否定をする私の言葉だ。

私は続けた。

「つまりさ、赤坂BLITZの約二倍ってことでしょ。そもそも最近まで散々時間掛けて五十人増やすのがやっとだったわけじゃない。半年後にZepp DiverCityで出来るわけがないじゃない。何を言ってんの」

私が一息で言うと、柳沢が隣で笑った。

「あはは、確かに。でもさ、今年のうちにリキッドやってブリッツもやって、来年入って割とすぐにZepp DiverCityやれたらすごくない?」

「なんだお前、昼間から酔っ払ってんのか。現実を見ろやい」私は柳沢にピシャリと言った。すぐにしゅんとなった彼を見て私は続けた。「よっぽどの理由があれば別だけどさ」

すると藤原さんが言った。

「あれ、俺たちって、今年結成十年だよね? それ、よっぽどの理由にならない?」

私はよく考えて答えた。

「いや十年も経ってないでしょ」

永井が間髪容れずに言った。「十年です」

「いや、流石に十年は経ってないよ」

「だから先月終わったツアーのタイトルに『十周年』って言葉入れたんでしょ」

ガーン。言われてみればそんな気もする。でも下がるに下がれない。

「いや、入ってないでしょ」

「入ってます」

「でもでも！　入ってるとして、それ俺知らされてない」

「言いました」永井は強めに言った。

「言われてません」私も強めに言ってみた。

「というか、ツアータイトルはみんなで会議して決めました」

「じゃアなんてタイトルになったんだよ」

「『SUPER BEAVER　愛する　Release Tour 2015 ～愛とラクダ、10周年ふりかけ～』だよ」

「なんだよそれ、意味わかんねエじゃん」

「みんなで決めたでしょ」

「いやなんか十周年はもういいや、ふりかけってなんだよ」

「ぶーやん面白いって爆笑してたじゃん」

ガーン。言われてみればそんな気もする。爆笑した気がする。そして深夜だった気がする。深夜だったからだ、絶対。深夜だったから面白いと思ってしまったのだ。絶対そう。今これのどこが面白いのかまるでわからないもの。

こうなってくると、きちんと覚えていなかったのは私なので、私が悪いのかもしれないと思えてきた。

「え、十周年ってことは、現在アニバーサリーイヤー真っ只中?」

私が訊くと上杉が頷いた。

「そういうことになるね。いいんじゃない、十周年のアニバーサリーイヤーを締め括るワンマンっていう意味づけでZepp DiverCity」

あア、いい理由だ。Zepp DiverCityをやるというよっぽどの理由として不足がない。論破されない後ろ盾もないくせに、よっぽどの理由なんて言葉使うもんじゃないね。よっぽどの理由出てきた場合完全に手詰まりだもの。

もうなんか、やれるやれないの話というより、どうにかこの議論を引き分けぐらいまでにして着地させたいという不純な動機で私は動いていた。もはや引き下がるというのは決めてるけど、負かされた形で終わるのは悔しい。私は目を細めて再び腕を組んだ。

「いやア、ほオんとかなア」

「本当だって、タイトルを公にする前にきちんと調べたんだから」

永井が言う。

「じゃア、柳沢ちょっと数えてみてよ。我々の結成の二〇〇五年から、本当に十年経ってるのか」

私がなんでこんなこと言ったのかというと柳沢は算数が苦手なのだ。割り勘の場面を幾度となく経験してきたので私は知っている。こうなったら間違った数字を算出させるために敢えて彼に数えさせて、え、本当は何年なの、よくわかんないね、まアいいか、みたいに有耶無耶にさせたい。Zepp DiverCityは決定でいいからなんかグシャっと終わらせたい。

柳沢が素直に数を数え出した。

「いイち、にイい」

思惑通り、両手を広げ懸命に指を折るその姿を見て、少しだけ哀れに思ってしまった。

「さアん、しイい」

「あれ、今何時だっけ」藤原さんが言った。

「五時だよ」柳沢が答えた。「ろオく、しイち」

時蕎麦かよ。私は柳沢にもう一度はじめから数えるように言った。彼は首を傾《かし》げ不思議そうにした。

「え、なんで」

「五が抜けてた」

「抜けてないよ」

「抜けてたからもう一回」

「わかった。いイち、にイい、さアん」

なんだか。

「しイい、ごオお、ろオく」

馬鹿らしくなってきた。

「しイち、はアち、きゅウう」

私は言った。

「いいやいいや。もう大丈夫、やるでオッケー」

永井がパソコンをじっと眺めて、我々に言った。

「それじゃア、四月の十日。十周年を締め括る意味合いでZepp DiverCityでのワンマンライブ決定ということで」

自身最大キャパシティである二千三百人の規模での単独公演がここに決定した。

十年かけてこの数字、なかなかに感慨深い。結成五年も経たないでZeppツアーをしているバンドも知っているし、当たり前のようにこれ以上の規模にオンステージする横並びの年代のバンドも知っている。

紆余曲折の歩みなど本当は必要ない。失敗などないならそれに越したことはないのだ。だけど失敗した先で掴んだ成功は、失敗しないで掴んだ成功より、より大きな成功になる可能性があると思っている。

我々の歩みの中で出会えたたくさんの気持ちや想いが、その代表格だ。

無駄だと思えた日々を、自分たちの未来で無駄ではなかったと言える日々に変えていく。そうやって歓びあえるのなら、紆余曲折だってきっと「おかげ」だと言い換えられる。

やってやろう。こっそり私は腹を括る。

「じゅう」

「うるせエよ」

柳沢はしょんぼりした。

2

腹を括ってどうにかなるなら誰も苦労しない。腹を括った先では策を講じる必要がある。考える時間も、行動出来る時間もかなり限られているので、我々は早急に会議を重ねた。

三ヶ月連続シングルリリース。

まアとりあえず、バンドマンなのだからという理由で音源。あれだけ考えたのに引き出しの一番手前にあるような案である。来《きた》る四月のZepp DiverCityのオンステージまでの毎月、音源をリリースすることにしたのだ。我々は急いでレコーディングをした。

ただ出すだけ、というのはどうにも。ということになったので、安直に値段設定を五百円にした。

一月『ことば』。

二月『うるさい』。

三月『青い春』。

製作費は天井が見えている。しかし、プレス、流通諸々を考えると、売れれば売れるだけ赤字になるという魔法のようなシングルがここに三枚完成した。値段を下げることに対しては正直大いに悩んだが、それでも音楽家の本意としての「聴いてほしい」というところを今回は優先させた。

「まアやれることはやったんじゃないか」

Zepp DiverCityを目前に控えて事務所に集まる。メンバーが四人とマネージャーが一人。

リリースをするとメディアに構ってもらえるので紙面やラジオにも度々登場できた。構ってもらえるというか、そこには金銭が発生したりする場合もあるので『買う』という言葉が最適な時もあるのだが。

しかし構ってくれただの、買うだの、そういう単純な話で片付けられない人が我々の周りにはたくさんいた。それぞれの場所で気持ちを交換できたのが、結局は今回も一番の収穫だったのかもしれない。宣伝は数より質だ。そして質よりも想いである。

やり切ったと言うのには、やりたかったけど今の自分たちにはやれなかったことが思い浮かびすぎるので抵抗があるが、やれることはやったと言ってもいいいと思う。あとは、どんな結果が出るか。

多分だが結果は望めない。何せ会場が大きい、そして今までの歩みと比較するとやはり駆け足過ぎる。

「売り切れなくても、ね」

でも、永井が言ったこの言葉に悲観が含まれているようには聞こえなかった。

出来なかったことを結果としてだけ捉えるのではなく、出来なかったことを自分なりに布石にしていかなければならない、というスタンスは我々が十年かけて作り上げてきたものだったからだろう。

「まア端から諦めていたわけではなくて、ワクワクしながら色々やったもの。十周年で出来なかったことをこの次やり遂げるっていうのもバンドとしてかっこいいいんじゃやない」

柳沢が言った。

「会場を人でいっぱいにしたいけど、過去最高の夜だと思ってもらうことが何よりだもんね」

藤原さんがそれに続いた。

「いつかは売り切ろう」

上杉が〆た。

三人の言う通りだった。十周年という節目はとても大きいことに違いはないのだが、それは正直二周年でも五周年でも八周年でも変わらない。未来に繋がる今を大切に、過去が繋げた今を大事に活動してきたのだ。

楽しみはまだ先にとっておこう。何年かかるかわからないが、SUPER BEAVERの音楽という一点で一人一人の人生がクロスオーバーするロマンをZepp DiverCityで体感したい。そのためにZepp DiverCityを埋められるバンドになりたい。

「でけエなア」

会場にも志にも、私は言った。

3

「売り切れました」

永井は我々にそう言った。

「なんの話?」

たまごっちが流行っていた時玩具屋さんの店員もおんなじようなテンションで言っていたなアとぼんやり思いながら私は訊いた。

「チケット売り切れたっぽい」

「だからなんの」

「Zepp DiverCityの」

「あらそう」

驚きすぎると人は適切なリアクションが出来ない。十五秒くらい時間を要して我々は大いに驚いた。

「え、なんで!」

私が訊くと永井は、「なんでって」と困惑していた。まア、至極真っ当なリアクションなのかもしれない。

正直一体何が功を奏したのかわからないのだ。リリースや、それに伴ったメディアでのプロモーションは何も今に始めたことではない。大ヒットナンバーを生み出したわけでもないし、映画やドラマに我々の曲が使われたわけでもない。年間百本やっていたライブを五百本にしたわけでもないし、自分たちの中の何かが劇的に変わったわけでもないのだ。

これだ、と思い当たるものがなかったが、その「これ」さえわかっていれば、我々に限らず誰だって、どこでだってやれてしまうことになるのだから、わからなくて当然なのかもしれないが。

「あれかも」私は言った。「おととい電車で西へ東へ転がり続けていたお茶の缶を拾って捨てたのよ。それでかな」

「違うでしょ」永井は言った。「よかったね、本当に」

仲間が増えたもんだなア、と思った。我々の音楽を聴きに、足を運んでくれる人がその日だけで二千三百人。人に恵まれた結果、さらに人に恵まれたのだ。

背負って立つ、というそんな大層なことの片鱗まで私には微《かす》かに見えたのだ。本質を変えないまま、ぐっと一回り、我々の音楽が大きくなった気がした。

「あ」

私は気が付いた。というか思い出してしまった。

「どうしたの」上杉が訊いた。

「一度目は売り切れなかったZepp DiverCityを次の機会で華々しくソールドアウトさせる計画。あれもう動いてるよね」私は永井に訊いた。「次に出す予定のアルバムのリリースツアーのファイナル、Zepp DiverCityにしようって話」

永井は合点がいった様子だった。

「動いてますね」一度口をつぐんでから言った。「っていぅか既に、年末Zepp DiverCityおさえちゃいました」

事務所での話し合いのすぐ後、私が浸り切っちゃって「でけエなア」なんて漏らしたすぐ後のことである。ソールドアウトを完全に諦めた我々は、早々にリベンジモードに突入。次のツアーファイナルの照準をZepp DiverCityに合わせてしまったのだ。

我々の気持ちを汲んだ永井はすぐにリベンジの日程と会場を確保、そしてこの結果に至ったわけである。

嬉しいが、完全な誤算である。思い描いていた絵と違う。

「まア」

永井が言った。

「ね」

上杉が永井に続いた。

「うん」

柳沢が二人に向かって妙なテンションで頷いた。

「ほら」

私がみんなに向かって言った。

「ね」

藤原さんが笑った。

平和だった。

4

迎えた本番の日。嬉しすぎる誤算で売り切れたZepp DiverCity単独公演の日。

二千三百人で埋め尽くされた会場が我々を迎えた。現実感を抱けないかもしれないと予想をしていたが、そんなことはなかった。一歩ずつ、階段を上るように我々が歩んできたからかもしれない。

気が付けば、ライブも残り僅《わず》かとなった。

想像を凌駕《りょうが》する熱で満ちたフロアが、私を汗だくにさせていた。私は最後のMCをしていた。

一人一人と目が合う。

どういうわけだかこのタイミングで十代の時分に出た、あのTEENS' MUSIC FESTIVALのリハーサルを思い出していた。

自分たちのリハーサルを済ませ、他のバンドがステージで準備するのを二階席から見ていたのだ。

「MCってなんの略だか、わかる?」

大会を運営するヤマハのオトナは私に訊いた。その人は我々が一度目に大会に出た時から、我々のことを気に掛けてくれている人だった。隣に座ったその人の顔をキョトンと眺め、私は訊いた。

「MCって、曲と曲の間で喋るやつですか?」

「そうそう」

「え、わかんないです、マイクですか」

「違うんだよ、あれね、マスターオブセレモニーの略称なんだよ。つまりね」そうして一層真剣な顔で私に言った。「MCをするっていうのはそのステージと会場と時間を支配しなくちゃいけないってことなんだ。ただ話しているだけではMCとは言えないんだよ」

「ヘエ」

私はわかってるんだか、わかってないんだか、自分でもよくわからなくて曖昧な相槌を打った。その人はそんな私をじっと見て、そしてはっきりと言った。

「君はMCが出来る人間になりなさい」

今になってみてその意味がよくわかる。

どうですかね、私は今MC出来てますかね。

なんだか妙に感傷的になる日だ。関東大会決勝のリハーサル、あの人はSUPER BEAVERがZeppでこんな日を迎えるかもしれない、と思ってあんなことを言ってくれたのだろうか。

あの日の会場は隣のZepp Tokyoだったが、形状に大きな差異はない。そんな話をしてくれた二階席を、なんとなく見上げてみた。次の瞬間、見るんじゃなかった、と思った。

その場所には今までお世話になった数々の人の顔が見えた。郷野さんや、兼重さんや、KASSAIさん。各メディアで可愛がってくれる人や、そしてバンドの仲間まで見えた。

走馬灯はこんな時でも見えるのかもしれないと思うほどに全部思い出してしまった。何もここで終わるわけでも、まして何かやり遂げたわけでもないというのに。

込み上げるものを必死で抑え込んだその時、両親を見つけた。二人は、涙を流していた。

これは、やばいと思って視線を客席に戻すと、今まで以上に一人一人が浮かべる表情が鮮明に飛び込んできた。あなたたちではなくあなたに、という姿勢はステージの我々の一方通行でなく、フロアからも同じであったことをこの時に教えてもらった。

抑え込んだものの制御が利かなくなって、いっぺんに押し寄せてきた。

どうしようもなくなってステージで泣いた。

今日はいいか、と思った。

でも今日だけにしようと思った。私はフロントマンだから。理由はそれだけだ。

我々SUPER BEAVERは人に恵まれながら結成十一年を迎えた。

第13章　日本武道館

1

『27』というアルバムをリリースした。二〇一六年の六月だ。

このアルバムを作り終えた時、どういうわけだか確かな手応えがあった。それは今までも感じていたものであり、それと一体何が違うのか形容し難いのだが、なんだかこう、ずっしりとくるものがあった。多分だけどクオリティ云々の話だけではなくて、作った後にそれを改めて受け取り直す側にいる自分の変化というか、なんというか。音に影響する音以外の部分というか。

発信と受信は真逆だが、発信者と受信者は近いところにいるのかもしれないと、そんなことを思うに至った。

手応えは一万枚を超えるイニシャルの数字となって現れた。正直イニシャルは往々にして内容如何《いかん》よりも前回のアルバムを踏まえての数字となるため、感じた手応えがそのまま反映された数字とは言い難い。しかし、それでも自分たちの積み重ねの末、ようやく乗った大台だ。我々は大いに歓んだ。

その結果初のオリコン週間TOP10入り。第十位に滑り込む結果ではあったが、今まで完全に無縁であったオリコンチャートというものに自分たちの名前が載る日が来るなんて。あくまでわかりやすい指針に過ぎないのだが、この数字に至る経緯を考えると素直にグッときた。

「なんかさ」

F.A.D YOKOHAMAの楽屋。リハーサルを終えるとすぐにコーヒーを飲みに出ることが習慣になっている私は、本番の一時間前になって再び楽屋に戻ってきていた。夏が顔をのぞかせ始め、半袖でいる時間が長くなってきたが、楽屋の空調は些《いささ》か効きすぎている気がしたので、身体を冷やさないように上着を羽織った。

隣の藤原さんがこっちに向いたので私は続けた。「少しだよ、少しだけね。今うまくいってる空気出てない？」

「うん、そうだね」

『27』のリリースツアーは一昨日始まったばかりだ。

「アルバムの数字も、ライブの集客もそうだけどさ、わかりやすく同じタイミングで数字に出てきたよね。積み重ねてきたものがまとめて表に出た感じ」

「そうかもね」藤原さんは笑って言った。「きっかけで急浮上したとか、そういうのじゃないからね。地味にじわじわとだから」

「そうなんだよ！　本当にじわじわと。倍倍ゲームじゃなくて、全力の末の少額のベットが毎年二割り増しくらいで返ってきてる感じなのよ。だからさ」

「ん？」

「もしもだよ」

「何？」

「私が本を出版する未来が来るとするじゃない？」

件《くだん》の、十周年を記念して行われたZepp DiverCity公演を、自身初の映像作品としてＤＶＤ化することを企んでいた我々は、自分たちの軌跡を書いた『都会のラクダ』という本をそこに同封させようとしていた。その執筆により、私は過度に想像を膨らませていたのだ。

「いや、例えばの話だよ」

照れ隠しのための念押しをする私に向ける藤原さんの目は、いつもと変わらず保護者のそれであった。「うんうん」

「その場合さ、その本が紆余曲折あったSUPER BEAVERの歩みを楽しく読み解けるものと同時に、烏滸《おこ》がましいんだけど、何かを志す誰かの追い風になるようなものになったらいいなって思うわけ」

「うん」

「なんとなく始まったバンドがやがて希望を抱いて、その結果社会に出て見事にぶっ叩かれてさ。何もわからない状態で、しかもゼロ以下からリスタートして。そうやって始まったアルバイト生活の中で借金作って、首が回らなくなって。それでも自分たちの周りにいてくれた人に助けられて、いつかはそんな人を助けたいなんて思えるようになって、その結果が今じゃない？割と数奇で愛おしい」

「ざっくり言うとそんな感じだよね」

「ただささ、紆余曲折の中の山あり谷ありのジェットコースターは具体的すぎるくらい具体的なんだけど、そのジェットコースターの乗り方については大きく具体性を欠いているわけよ」

「ん？」

「これをやったからライブハウスに人を呼べました、とか。これが出来るようになったからCDのイニシャルが増えました、とかさ。SUPER BEAVERってこれまで一つとしてロジカルに時間を過ごしてきてないじゃん？　マニュアルになり得る事例が一つもないっていうか。全てにおいて、人、気持ち、以上。みたいな」

「そうだね」

「だから、なんか、こう、その先っていうか。ジェットコースターの乗り方指南みたいのまで書けたらなアって思ってるんだよね。そういうことまで書けてようやく本なのかなって」

「いや」

「ん」

「どうなんだろ」

「ほ?」

「柄じゃないんじゃない?」

藤原さんが言った言葉に反論しようかと思ったが、なんだか妙に腑に落ちてしまった。確かに、柄ではないかもしれない。我々の歩みで記すことが出来るとすれば、ジェットコースターの乗り方ではなくて、ジェットコースターのしがみつき方なのかもしれない。

ロジカルに生きてこられていたならこんな軌跡は辿らなかっただろうし、そもそもうまく進むこと以上に、楽しく進むことを優先してきた。全ての物事において言えることなのかもしれないが、その時にしか正解になりえなかった選択をしては、その都度周りに脱線しないように支えてもらってきたバンドだ。今一度、実感した。

「あア、そうかも」

「うん、そうだよ」

取り越し苦労というかなんと言うか。なんと言わなくても取り越し苦労なのだが。取らぬ狸のなんとやら。本を出せるようなそんな嬉しいお話が来たら、その時にもう一度考えようと思った。

そんなことよりいつものように、今日のオンステージのことのみに集中。

「開演押すかも」

永井が楽屋に顔をのぞかせて言った。

「お、珍しいね。なんで?」

上杉が訊いた。

「今日電車止まってたでしょ。ようやく運行再開したみたいだから」

「よかった。せっかく大切な時間と大事なお金もらってるんだもんね。可能な限りきちんと観てもらいたいよ」私は本日も一本集中するために勢いよく立ち上がった。「よし、本日もやりますか」

打開する術は、人、気持ち、以上。

それしかわからない。

『27』を提げて回った二十七本のツアー。九本の単独公演を含む全箇所全公演をソールドアウトさせることが出来た。初めての出来事だった。

そしてようやっと完成した『都会のラクダ』同封、十周年を締め括る意で行われたZepp DiverCityのDVDも無事リリースされ、私がステージの上で泣く姿が、全国のおうちのテレビに映し出されることとなった。

2

オンステージで着ていたシャツが洗濯機の中で回っている。右に回って、左に回る。動きを止めて、なんか少し水が流れる音がしてまた、右に回って、左に回る。汗も気持ちもここで一度綺麗に流すのは、次にまた大きな気持ちを染み込ませるために汗をかく予定があるから。あと普通にそのままにするのは汚いから。

気が付けばこの洗濯機を回して六年。無論ずっとという意味ではなく、一人暮らしを始めてからという意味だ。洗濯機を回している時が一番生きていると実感出来る。無論こちらも生き甲斐という意味ではなく、一人で暮らしているという意味だ。

気が付けば三十歳、どうしようもないくらい普通に大人だった。

音楽でご飯が食べられるようになって二年。音楽でご飯を食べられるようになるまで十年。一般的に見て、それが早いのか遅いのかはわからないが、大切に思える今があるから順当だったとそう言えよう。

人に恵まれていることが私の唯一の自慢なのかもしれない、とか、振り返ってそんなことを考えられるから、洗濯機が回っている時間は大切なのだ。

二〇一七年は目まぐるしい勢いで過ぎてゆく。まず、年始に『美しい日／全部』、『ひなた』というシングルをリリースした。

そうかと思えば、四月にはニッポン放送のオールナイトニッポン0のレギュラー枠を頂き『渋谷龍太のオールナイトニッポン0』の放送が始まったりした。同時期に日比谷野外音楽堂にもオンステージを果たし、『友の会』という名前のSUPER BEAVERのファンクラブなるものまでも出来た。

メジャーを経験しているからこそわかるが、こんなにミニマムな体制でよくやっている方だと思う。アルバイトをしていた時期より手帳に書き込まれる予定が増えているのはありがたいことだったし、それに、メジャーに在籍していた時には知ることが出来なかった一つ一つの経緯を今は知ることが出来ている。どれだけ予定が入ろうと、その仕事をくれた人、そして届く先にいる人のことを考えたらなんでも出来た。

お尻のポケットで携帯電話が震えた。取り出してみるとディスプレイに『永井』と表示されていた。

「もしもし、今大丈夫ですか？」

「んん、人生を考えるすごく大事な時間だけど、大丈夫」

「何それ。あ。週末の水戸なんですが、オールナイトニッポン終わり一度帰るよね?」

SUPER BEAVERは『真ん中のこと』というアルバムのリリースツアーの最中だった。対バンしたいバンドの数と、単独公演を切りたい場所の数を考えると、今回のツアーの本数も二十七本になった。

「そうだね、朝五時に終わって、まア二、三時間は寝られるし」

「オッケーです」

「うん、よろしくです。じゃア」

電話を切ろうとしたら永井が、「あ、ちょっと」と言った。

「ん?」

「本題なんですが」

「今のが本題ではないんだ? はいはい」少し長くなる気配を感じたので、私は携帯電話を右手に持ち替えた。

「来年の二〇一八年、四月三十日なんですけど、何してますか」

「ん、来年? 今十月だよ、先の話過ぎてわかんない」

「だよね」

「お花見のお誘いとかでなければいつでも空ける。無論お仕事ならなんでも」

永井は言った。

「決まりましたよ」

一瞬で察した。

遂に、か。

我々が自分たちで動き出した時。四人でここまでやってやろうと話していた。今は永井、そして事務所にも力添えをしてもらっているが、よくもまアここまで来たもんだ。

無理だと言われていたから、鼻を明かしてやろうと意地にもなっていた。傷物が売れるわけがないと言われたことに対する反骨精神だけで這いずり回っていた時もあった。しかし出会いの数だけ想いが増えた。だから虐げられて、蔑《さげす》まれて、馬鹿にされて、後ろ指をさされたことに「ざまア見さらせ」と中指を立てるのではなく、そんな時期でも、そして今に至るまでを共に歩めた人と「楽しい」と「嬉しい」で笑いたいと思っていたのだ。

「今の一瞬で察して、色々考えちゃったりしたんだけど、間違ってるといけないからちゃんと教えてもらってもいい?」

「二〇一八年」

「うん」

その時にはSUPER BEAVERは十四年目だ。何も知らない高校生が四人集まって、長いと言ってもバチは当たらないくらいの年月を文字通り笑ったり泣いたりした。楽しいだけではなかったから余計に愛せる日々だ。

「四月三十日」

「はい」

自分たちで想像出来ていなかったのだから、誰も想像なんてしていなかったはずだ。やれば出来るとは思わない、でもやめなかったから出来た。

一つたりとも残さず持っていく、一つたりとも残さず持って帰る。

永井は言った。

「お花見します」

電話を切った。

携帯電話を力の限り投げた。

やがて洗濯機が止まり、洗濯物を取り出し、シワがつかないようにしっかり叩いて伸ばしてハンガーにかけ、お湯を沸かしてインスタントのコーヒーを飲んだ。それでも尚ずっと部屋の隅で携帯電話が震え続けていたので、電話に出てやった。

「なんだよ」

永井が言った。

「すみません、日本武道館決まりました」

十四年目のインディーズバンド、満を持しまくって日本武道館にオンステージ決定。

喜怒哀楽の四文字程度では片付かない全部を、まとめて背負って日の丸の下に立ってやる。

3

目の前にあるのは金の玉ねぎ。

荘厳な鈍い光をたたえたそれは唯一無二であることをしっかり自覚し、建物の天辺に堂々と鎮座しているように見えた。

不思議なことに自分たちがどうこうより先に、周りにいてくれる人の顔や、オンステージした時に見てきたこれまでのフロアの景色、厳密に言うと表情の一つ一つが思い起こされた。だからいい歩みだったんだ、と思う。

もちろん、誰かのため、とそれだけ思って音楽をしてきたつもりはない。自分たちが楽しくなければ意味がないと思って音楽をしている。ただ自分が楽しいと思えることこそ、自分が好きだと思えることこそ、自分が愛していると思えることこそ、誰かに渡したいと思えるのだ。そうでなければ気持ちも、時間も、お金も、受け取ることなんて絶対に出来ない。

自分のためがあなたのためで、あなたのためが自分のためで。そうあってこそSUPER BEAVERの音楽。

重たそうな扉に手をかける。深く息を吸い込んで、力を込めた。

鍵が閉まっていた。

「まだだから」柳沢が言った。

「ん？」

「今日は撮影しにきただけだから」

何を言っているのかわからず扉を引いたり押したりを何度も繰り返したらメンバーに「落ち着け」と言われて取り押さえられた。言われた通りに落ち着いてみると、今日は『真ん中のこと』ツアーファイナルである十二月のZepp Tokyoの会場で流す告知映像と、フライヤーやポスターで使用する写真を撮りにきただけであったことを思い出した。

「早く言えよ」

私が言うと上杉に、「焦りすぎ」と言われた。

日本武道館というこの聖地に来て、思った以上に舞い上がっていた。仕方のないことなので謝ったりはしなかった。

間近で見ると改めて圧巻だった。この場所だけが持っている空気が存在する。今から緊張しても仕方がないのだが、テンポをあげた鼓動に身体の端々が、ぢんとなった。

私の動悸が治まったところで告知動画の撮影に取りかかった。事前に、「なかなか全貌がわからないように足元から煽《あお》って、一気にドーンみたいにお願いします」と稚拙なオーダーをしただけであったのにもかかわらず、撮影チームの豊かな感受性のおかげで撮影はスムーズに進行した。一分少々の動画であったため告知動画の撮影はすぐに終了した。

次は写真の撮影。今し方撮ってもらった映像も、このあと撮ってもらう写真も、SUPER BEAVERの日本武道館単独公演の決定は、一体どんな風に受け取ってもらえるのだろう。届いたとき、どんなことを思ってもらえるのだろうか。期待が身体に鳥肌を立てた。

日本武道館を背に、鳥肌状態でシャッターを切られていると傍《かたわ》らから声が聞こえた。

「駄目だよ、撮影したら」

声の方に視線を向けると、散歩の途中です、といった風体の、取り立てて大きな特徴のないおじさんが立っていた。「駄目だよ」おじさんはもう一度我々に言った。

もちろん我々は無断で撮影に挑んでいるわけではない。然《しか》るべきところに許可をとって、然るべき日時に出向いたのである。私は言った。

「あ、ご迷惑おかけしております。しかし我々は許可を頂いて撮影をしているのです」

「敷地内で撮影してもらわないと」

「はい、だから、敷地内で撮影させてもらっているんです」

するとおじさんは我々の足元を指さして、もう一度同じことを言った。「敷地内で撮影してもらわないと」

念のため自らの足元を確認してみたが、我々はちゃんと日本武道館の敷地内で撮影をしている。そうか、日本武道館の敷地でSUPER BEAVERは撮影をしているのか、と変なタイミングで感慨深くなってしまったので、グッとくる気持ちを押し殺して、おじさんが何を言っているのかもう一度考えた。しかし考えても、やはり何を言っているのか理解が出来なかった。

「どういうことですか？」

「どういうことって」おじさんは、我々の足元を迷惑そうに指しながら言った。「ほら、足が出てる」

よく見ると路肩から足が出ていた。足と言っても爪先だ、足の先だけが僅《わず》かにはみ出していた。

「え、あ、これ？」

「そうだよ、敷地からはみ出してもらったら困るんだよ」

正直に言えば、なかなかどうして細かいじじいだと思った。しかし決まり事であるなら仕方がない。ルールというものは線引きを曖昧にしてしまうと破綻しやすいものだ。定められた線があるならば、それがたとえほんの爪先だけであっても、はみ出ることは許されない。駄目なものは駄目なのだ。

一度口をモゴモゴさせて躊躇ったが、私は素直に謝った。

「すみませんでした」

「気を付けてね」おじさんは即座に言った。

ただ、なんだか腑に落ちない。駄目なものは駄目なのだが、私の足の先数センチがはみ出たその場所で大罪を犯したような言われようだ。私の救いようもない性分がじんわり心を侵食していくのがわかった。ものは試しに、そのまま身を任せてみた。

「あの」

「なに」

「ここを管理されてる方なんですよね?」

私はおじさんに訊いた。その風体に無理矢理文句をつけてやろうと考えたのだ。公益財団法人　日本武道館の管理を任される人間がこんな散歩の途中のような格好でいいのですか、と。そんな色褪せたポロシャツと、意味がわからないくらい普通の紺のズボンではなくて、もう少しピシッとしたらどうなのですか、と。

おじさんは自らを指さして見せた。「私?」

「はい。管理を任されているのであれば、相応の格好をおすすめしますよ」

「違いますよ」

「え」

かなり想定外の答えに、私は静かにパニック状態に陥った。おじさんは言った。

「なによ」

「えエと、つまり。え、何、どういうこと」

「私は近所に住んでるの」

そうですか。このおじさんは近所に住んでいる。私は一つ賢くなりました、ありがとう。私は後学のためにさらに質問をすることにした。

「管理されてる方ではないんですか」

「うん、違う」

「何をされてる方ですか」

「なんでそんなことあんたに教えなきゃいけないのよ」

それもそうだ。私は背後の日本武道館を指して訊いた。「ここは関係のない方なんですね」

「近くに住んでるからね。まア関係ないこともないよね」

「関係ないってことですね。今は何をされてたんですか」

おじさんは再び自らを指さして見せた。「私?」

「はい」

「散歩」

じじい。喉元まで出かかったが、私は三十歳なので自分を制した。

なんというか。ルールの厳守がもちろん大前提ではあるが、こう、なんていうんだろう。

正義という大きな後ろ盾があると、人は変身する。即ち、村人や町人であったとしても大義名分があると勇者に変貌してしまうというか。草むらを歩いていて不意に出てきた野ウサギでさえも、敵という形に則《のっと》ることが出来れば、考えることなく平気で斬ってかかることが出来てしまうものなのだ。

実際、我々は斬りかかられたわけでもない。そしてルールを守れなかったことが確実に悪いのだ。しかし正義に隠れて息をする危険因子は、思考を放棄した途端に暴走することがあるんだなア、と実感した。

「足、気を付けてね」

おじさんはそう言って、黙ったままの私に背中を向けた。本当に散歩に相応の後ろ姿だった。

我々はルールに則って撮影を終えた。

私はさもしい人間なのでしょうか。その日布団に入ってから、母ちゃんに電話で訊こうか悩んだ。

4

アンコールを求める大きな手拍子が鳴っている。私は汗を拭きながらその時を待った。

どんなツアーを回ってきたか、それがわかるようなステージだったと思う。いつものように本編で全てを終わらせる気概でやった。アンコールにアンコール以上の意味を持たせるつもりはないので、いつだって本編でその日のゴールテープは切っている。

完結しているのでやらない時だってある。しかしこんな風に、自分たちを待ってくれている気持ちは嬉しい。そして今日はそんなタイミングで、と思っていたのだ。

告知映像がいよいよ流れる。Zepp Tokyoの舞台袖、我々はじっと、心を踊らせた。

この映像は同時に、ＳＮＳやYouTubeでも公開されることになっていた。一人でも多く、この特別を共有したかったからだ。

バンドを始めた当初から、何かにつけて言われてきた。

「いつかは武道館だね」それほどまでに象徴的な場所であるのだ、老若男女が知っている。

「武道館でやるときは連絡して」出来る訳がないという含みのもと冗談でも散々言われてきた。

「武道館がきっと似合うよ」鼓舞する言葉として掛けてもらったこともある。

多分どれもが本心で、しかしどれもが現実的ではなかったと思う。

これより大きい会場はいくつもある。それなのにこんな風に言われる場所は日本で唯一だ。

日本武道館での単独公演が決まってから約二ヶ月間、SUPER BEAVERを好きでいてくれる人に言いたくて言いたくて仕方がなかった。本当は誰よりも早く伝えたかったのだ、あなたが好きでいてくれたから、このバンドは日本武道館に立つことになりました、と。

SUPER BEAVERを随分前から知ってくれている人も、つい最近知ってくれた人も、認知した時間ではなくて、好きだ、と思ってくれる気持ちが嬉しい。その気持ちに応えられるバンドでありたいとここまでずっと思い続けてきたのだ。

やっと、あなたに言えるんだ。

静かに降りてきたスクリーンに我々の足元が映し出された。会場は期待にざわつきながらも緊張感に包まれた。


どこかへと歩く四人が映る。

上杉に誘われて、柳沢に出会い、藤原さんを紹介された。初めてのスタジオの景色は今だってはっきりと覚えている。

やがて立ち止まり、そこから徐々に引いてゆく映像。

初めてのオンステージ、ひどい一日の中で四人が同じ方向を向いて演奏出来たあのドキドキを思い出した。

まさか、と予想した何人かから歓声が上がる。

大会で優勝したあの日、四人で交わした固い握手の感触が右手に蘇る。

どんどん引いていく映像に、その全貌が明らかになってゆく。

どうしようもないほどに敗れて、打ち拉《ひし》がれた毎日が苦しかった。あんなもの、と今では思い切り強く抱きしめている音楽まで捨ててしまいそうになった。

幾つもの歓声が重なり、大歓声になっていく。

四人で支え合いながら立ち上がった。あれほど時間がなかったのに、あんなにお金がなかったのに、四人で音楽が出来る歓びだけで笑い合えた愛しい日々を過ごせた。

そして。堂々と立つ四人と、その後ろでそびえる日本武道館の姿が映し出された。

どうしてここまで来られたか、SUPER BEAVERはわかっている。四人だけで音楽をやったから、四人だけでないことに気が付くことが出来た。そんなバンドなのでわかってしまうのだ。

だから、嬉しい。


『二〇一八年 四月三十日 SUPER BEAVER 日本武道館決定』

割れんばかりだった。会場中で上がる歓声が空気をビリビリと揺らしていた。かつて聞いたことのないほど大きな歓喜は会場と、我々の胸を一杯にした。助けたい人にずっと助けられてきた、昔も今も。思い浮かぶ顔が幾つもあって、その数だけ嬉しくなれた。

Zepp Tokyoのフロアで、自分たち以上に嬉しく思い声を上げてくれる人が出来たことが嬉しかった。Zepp Tokyoのフロアの外でもきっと、自分たち以上に歓んでくれる人がいると信じられる気持ちに歓びを感じた。

「だって一緒にここまで歩いてきたもんね」そう言われている気がした。


私はステージで泣かないと決めている。私はフロントマンだから。理由はそれだけだ。

でも、舞台袖はステージではない。異論はあるだろうが、少なくとも今日だけは違う。

日本武道館で単独公演が出来るという事実など、日本武道館の単独公演を一緒に歓んでくれる気持ちの前では、本当にちっぽけだ。

日本武道館に立つのは四人であっても、四人だけで立つ日本武道館では大した意味がない。

あなたあってこそだ。

止《や》まない歓声の中、アンコールのステージが私を待っている。

頬を拭って、気丈な顔を作って、強く息を吐いて。私は一歩踏み出す。

5

「どんな気持ちなのよ、今」

「いや、まア、意外と落ち着いてるかな。一週間前とかの方が緊張がやばかった」

実家に帰っていた私は母ちゃんが作ってくれた晩御飯を食べながら答えた。強がりではなく本心だった。きっとそれは、一週間前に既にするべき緊張をし尽くしてしまったのと、明日を特別視できないくらいに濃くて鮮やかな日々をこれまでに送ってきたからなのだろう。

日本武道館を翌日に控えていた。

何気なしにリビングを見渡すと、大会で優勝した折に文部大臣からもらった賞状が飾ってあるのが目に入った。十年以上経つのにまだ飾ってくれてんだアと思って、改めて気が付く。この家には至る所にSUPER BEAVERのＣＤや雑誌が置いてある。親孝行には程遠いが、その分歓んでもらえていたのだと実感した。

「明日は早いの」

「ううん、まア昼からだね。しっかり寝て備えますよ」

「失敗できないからね」

「いや、まアそうなんだけど、息子にそのプレッシャーかけてどうなるのよ」

「あは、失礼」

「ほらそんなこと言うからなかなか緊張してきちゃったよ」

「大丈夫よ、なるようにしかならないんだから。今から何したって変わらないでしょ」

「そうだね」

「今から何しなくても大丈夫なように、あんたたち頑張ってきたじゃない」

「うす」

「楽しんでくれればいいのよ」

私は母ちゃんに頭を下げた。

バンド始めたんだ、と言った日、父ちゃんも母ちゃんも否定しなかった。

バンドで大会に出る、と報告した日、二人は応援してくれた。

バンドでメジャーデビューする、と宣言した日、二人は止めなかった。

バンドを辞める、と漏らした日、二人は受け止めてくれた。

バンドを続ける、と伝えた日、二人は背中を押してくれた。

この家の中だけでも随分とドラマがある。別に明日バンドが終わりを迎えるわけでもないのに、いろんなことを思い出してしまった。

「お前らさ」ソファに座ってテレビを見ていた父ちゃんが私に言った。

私は応えた。

「ん？」

父ちゃんは私の顔を見て、それから時間を掛けて何度か頷いて言った。

「立派だよ」

言葉が出ない。まだ日本武道館に立ってもいないうちに感動している場合じゃない。

「立派だね」

母ちゃんが言った。

なんというか。うん。お前が立派と言われるより、あんた頑張ってきたと言われるより、「お前ら立派だよ」で「あんたたち頑張ってきたじゃない」と言われたことが、どうにも胸の底で大きな波紋を作って身体中に響いてしまった。

二人がテレビを見ている隙に、目頭を押さえた。

自分がやったことで二人が歓んでくれる。それは今私が生きている意味の一つだった。私は二人の息子だから、かっこよく生きていたい。

「さて」

帰る、と言って食器を台所に運ぶ。

玄関で靴を履いて「ごちそうさまでした」と言う。二人に背中をバシンと叩かれた。

「頑張ってこい」

「頑張ってきなさい」

いやいや、明日観に来てくれるんでしょ。

両親が笑う姿は、やっぱりすごくいい。


実家を出て程なくして、携帯が震えた。

『何してんの？』

メールだった。

『実家でご飯食べさせてもらってた、もう帰るとこ』

『あ、まじ？　ちょっと待ってて』

『ん？』

『龍太ん家行くから』

『どうしたの？』

『どら焼き買ったんだよね』

やまとのメールに再び目頭を押さえた。


日本武道館当日。寝ぼけた顔で歯を磨く私がいる。

何もないことが退屈であり、何もないことが平和だった、そんな毎日の先に迎えた本日のチケットは発売三分で即完した。

初ライブの時と同じように待ち合わせをして、永井の運転する車に乗り込む。全国津々浦々、いろいろな場所を目指して走ったが、九段下を目指して走るのは初めてだった。

たかが爪先でおじさんに怒られた敷地内に入る。物販に列が出来ているのが目に入った。ほんの少し前まで自ら立っていた物販に、今日はアルバイトのスタッフが立ってくれている。終わりが見えない列を目に焼き付けて会場に入る。

やがて武道館と掲げられたその下に『画鋲』ではなく、『SUPER BEAVER』と書かれた赤い看板を発見する。今となっては立派な僕らの意味だ。

楽屋にはお水にお弁当。今までは自分で用意していたし、経済状況によっては用意すら出来なかったものだ。この場所にあって当たり前のものではない。

荷物を置いてステージを見に行く。常設ではないステージは、昨晩から大勢の人の力によって組まれたものだ。我々が立つそのためだけに、組んでもらったものである。

フロアに降りてステージがどう見えるのかを確かめる。これはどの会場でもやることなのだが、この日も変わりなく、一番前ではどんな風に、真ん中ではどんな風に、壁際では、出入り口の扉の近くでは、アリーナでは、一階では、二階では、立見席では、注釈付きの見切れ席では。満遍なく全部の景色を頭に入れる。

滞りなくリハーサルが始まって、順当にリハーサルが終わる。これも多くのスタッフの尽力による賜物だ。


本番直前、自分の想いの変化に気が付いた。

「ここまであなたに連れてきてもらった」という想いでいた。ほんの一時間前までの話である。しかし昨晩から、いや多分もっと前からなのだろう。やがて迎える本番を直前にして、どうにも言葉には表しづらい気持ちの一つ一つが、具体的に像を結んだ。

「ここにあなたを連れてこられてよかった」

そう変化したフロントマンの気持ちは、即ち四人が作ってきた気持ちだ。そしてたくさんの人と作ってきた気持ちであり、あなたと作ってきた気持ちであった。

いざ。

「ライブハウスから日の丸の下にやってきました。十四年目のインディーズバンドSUPER BEAVER始めます」

最高と辞書で引けば、この日が出てくる。

6

上から拍手が降ってくるのは初めての感覚だった。

展望も、願いも、後悔も、期待も、憧れも、渇きも、飢えも。

もしかしたらこれで全部消えてしまうかもしれない、そう思った。例えば失くしてしまったのなら探して取り戻せばいい。でも燃え尽きてしまったら。色も形も温度も違ったそれぞれの想いが、全てが灰になってしまったら。

日本武道館アンコール直後、一瞬頭を過《よぎ》った気持ち。

それだけの大きな力がステージには渦巻いていた。どこから来たんだろうか、この気持ちは。なぜ思うのだろうか、こんなことを。

言い知れぬ感情に、言い知れぬ気配を感じて、この日のステージに幕が降りるのがどうにも怖かった。


翌日。

展望も、願いも、後悔も、期待も、憧れも、渇きも、飢えも全部そのまま残っていた。

なんというか、全然大丈夫だった。

変化といえば、昨日の晩の全国から集まってくれた仲間、ライブハウスの店長、各地イベンター、友達と開催した宴のせいで若干二日酔いになっているくらいだ。

昨晩アルコールの力によって前借りした元気をなんとか呼び戻そうと水を飲む。

「日本武道館、いかがでしたか？」

日課でやっているセルフインタビューを始める。

「んん、簡潔に楽しかったですね。それに尽きる一日でよかったと思っています」

渇きが収まる気配がなかったのでもう一杯、一気に飲み干す。

「日本武道館、やってみて印象は変わりましたか」

のそのそと、ゆっくり着替え出す。

「シンボリックでアイコニックですよね、やってみて尚、聖地と言うに相応しい場所だと感じました。またやりたいです」

玄関で靴を履く。

「日本武道館を通過点と豪語するバンドに何か言いたいことがあるようですが」

玄関を開けて外に出る。昼間の日差しが目に痛かった。

「いえ、他のバンドに言いたいことは今も昔もそんなにありません。ただ自分たちは日本武道館を通過点と軽んじるつもりはありません。しかし同時に日本武道館が終着点だとも思わないんですよね。SUPER BEAVERは今までとこれからを噛み締める立派な到達点として、あの舞台に立ちました」

駅までの道を歩く。五分もかからない道であるのに渇きに耐えきれず、普段滅多に使うことのない自動販売機でポカリスエットを買った。蓋を開けて半分を一気に飲む。

「日本武道館の翌日なのに昼間から出掛けられるんですね」

最寄りの駅のホームに着いて電車を待つ。

「はい、数日後に知り合いのバンドの客演があるんです。歌の練習をしないといけないのでスタジオに入ります」

電車が到着して、乗り込む。

「日本武道館公演を観た一万人に言いたいことはありますか」

電車が目的の駅に着く。スタジオを目指して歩く。

「一緒に夢を叶えてくれてありがとう、とかは言いません。あれ、あんまり好きじゃないんですよ、我々の音楽を好きでいてくれる人は、我々の夢を叶えるために存在しているわけではありません。なので、いつもと同じく心を込めて、ありがとう、ですかね」

到着したスタジオでゆっくり準備を整える。

「最後に、今後のSUPER BEAVERはどうなるのかお聞かせください」

スタンドに挿さったマイクを握る。

「わかりません。なので頑張ります」

毎時間、毎分、毎秒、毎瞬間。未来と過去に挟まれて、認識した瞬間に過去に変わる、未来という捉えきれない今の連続。それらを繋ぎ合わせて一本の線にしたものが自分。

他の線と交わって、それが大切になって、また交わる。そうやって面になっていくのが人生。

初めて思った。

私の人生は歪《いびつ》だが、滅茶苦茶いい形だ。

第14章　メジャー再契約

1

運ばれてきたコーヒーが目の前でゆらゆらと湯気を上らせている。おずおずと口を近づけて啜ろうとするが、思ったより熱かったらどうしよう、という恐怖心から空気しか口に入ってこない。やがて肺が空気で一杯になってしまい、コーヒーカップを一度置いた。

少し冷ましてから飲もうか、と計画を立て直していると後ろの席の会話が耳に入ってしまった。

「やめときなって」

「んん」

さりげなさを装いながら振り返ると、この喫茶店には似つかわしくない若い女の子が二人、向き合う形で座っていた。放っている空気から夜のお仕事をしているのだろうと見受けられた。歌舞伎町で生まれて歌舞伎町で育った私である。そこらへんの勘はそうそうはずれない。

「同じことの繰り返しになるよ」

そう言ったのは髪の長い女の子の方だろう。大変に不躾だとは思いながらも一度入ってきた会話は聞き耳を立ててしまう。申し訳ないと思いながら再びコーヒーカップを手に取る。

「でもさ、ほら、ヒロシは悪い人じゃないじゃん」

ヒロシを庇ったのが髪の短い方だ。熱々のコーヒーに二度目のトライ。少量ではあるがどうにか口に入れることが出来た。コーヒーがないとどうにも一日が始まらない、とそう思いながら時間を確認すると夕方の四時を回っていた。普段より少しだけ遅めの始まり。

「悪い人じゃないのはわかるよ、私だって知らない仲じゃないんだし。でもさ、人の本質ってそんなに変わらないんだって」

髪の長い女の子はヒロシのことをある側面では好ましく思っていない様子。その側面も加味して考えるべきだと、きっとそう諭しているのだろう。まア、惚れた腫れたの話であることは間違いない。

「うん、言ってることはわかる。でもなんていうか、本気って感じがするのよ。二度同じ間違いをする人じゃないって、思うんだよね」

髪の短い女の子が擁護する側面と、髪の長い女の子が忌み嫌う側面は、同じようで少しだけズレている。互いにヒロシの内側に潜むところにフォーカスしているのだが、それぞれが、それぞれに注視しているところが若干違うため、おそらくこのままでは平行線を辿る一方だろう。

「そっか」

「うん」

沈黙の間に二人が一体何を考えていて、その後、どんな切り出し方で会話が再開するかによっては大立ち回りになることも考えられる。私は小さく震えた。喫茶店での悶着も、国と国との争いも、結局は正義対正義なのだ。この世に悪は存在しない、悪とは他人から見た正義の形だ。

そんなことを考えていると、髪の長い女の子がゆっくりしたトーンで話し出した。

「まアね。でも人はそう簡単に変わらないってことだけ覚えておいた方がいいよ。どれだけいい人でも、どれだけ優しくても、あんたが一度ああいうことされたって事実は覆らないし、もしかしたらヒロシがまたあんな風になるかもしれない、その結果身勝手にフラれるかもしれないって思っておいた方がいい」

絶妙だ。髪の短い女の子がヒロシに一体何をされたのかは知らないが、髪の長い女の子の言うことは尤《もっと》もなように思える。そして彼女はこの話の当事者ではないため、第三者として最適な引き際だと思った。

「そうだね。私が信じられるところは信じてあげるつもりなんだけど、確かにそう思う。もしかしたらってことはずっと頭に置いておくね」

こちらも。髪の短い女の子の受け方もいい。当事者は自分であるので、もちろん曲げずにいたいと思うところはそのままでいい。そしてそのスタンスを取りながらも相手の意見もきちんと受け入れる。相手の気持ちと自分の心を彼女はサラッと守ってみせた。

「自分のされたことは忘れないでね。その上であんたが好きなようにしたらいいと思うよ。どうであれ、私は味方でいるから」

「うん。誰のせいにもしないし、自分で決めてみる。色々考えて、伝えてくれてどうもありがとう」

「もう一回付き合うことに決めたら、また教えてよ」

「わかった。来週二人で会うんだ。そのとき、多分そうなると思う」

「なんかあったら相談して」

「うん、頼らせて」

髪の長い女の子は声のトーンを一つあげて話題を変えた。

「ねエ。そういえば、こないだ買ったバッグあったじゃん。あれ最悪なんだけど」

いい話し合いだ。双方の立ち回りが見事である。感情的になりすぎず建設的な話し合いに落とし込んだ二人に拍手。

そうか。髪の短い女の子はヒロシと再び付き合うのか。以前付き合っていたときにヒロシに何をされたのかまでは知らないので私からはなんとも言えないが、彼女に髪の長い女の子のような友達がいてくれてよかった、と思った。

私は立ち上がり、二人の前に立った。

「いい時間だった。簡潔で、思いやりもあった。ありがとう」

そう言って二人の席の伝票をサッと手に持ってレジに向かった。すると髪の長い女の子に物凄い勢いで引ったくられた。

「やめてください」冷たい目で睨まれた。「意味わからないんで」

「いい話し合いだったから、ここは私が」

「大丈夫ですから」

「対価として二人のキャラメルラテは」

「大丈夫です」

「あ、ヒロシを」

「大丈夫」

私は、そうですか。と言って自分の分の会計を済ませ店の外に出た。

店の中から訝《いぶか》しげにこちらを見る二人に手を振って、私は家路を辿る。

ヒロシの本質は変わらないかもしれない。けれど、「かもしれない」で突っぱねずに信じてあげられるところを信じてあげようとする髪の短い女の子のスタンスが、素敵な未来を作る可能性だってあるのだ。そして彼女には髪の長い女の子のような友達だっている。

さて、我々はどうする。

SUPER BEAVERは古巣ソニーからもう一度ラブコールを受けていた。

2

日本武道館にオンステージしても我々は何も変わらなかった。ただ、今までより周囲からの見え方は変わった気がする。

誰がどんなふうに、自分たちに何をしてくれたのか、感謝の対象をはっきりさせるそのために敏感でいたため、我々はその逆に対してもまた敏感であったのだ。

今までまともに取り合ってもらえなかった相手が急に手のひらを返すようなことも増えたし、我々をぞんざいに扱っていた相手が急によく笑うようになったりと、わかりやすいなアと思った。

だからといって、そういう人たちのことを邪険に扱ったりはしないし、もっと本質が見えるまでは色眼鏡で見るようなことは絶対にしないが、ずっと昔からの仲間がより大切に思えた。

武道館から二ヶ月後、『歓声前夜』というアルバムをリリースした。この時のイニシャルは［NOiD］で一枚目にリリースした『361°』の約十八倍の枚数であった。この四年間で人と一緒にいられた時間がいかに濃かったのかを表す枚数となった。

　このタイミングで初のワンマンツアー。単独公演での全国行脚は全部で十四本、全ての公演が見事ソールドアウト。

　そして年末には、火曜日九時からのドラマの主題歌も務めさせてもらった。これも完全に個人的な深い付き合いが派生した先でもらえた素敵なお話だった。様々な垣根を越えて、好きなものを使いたいから是非、と言ってくれた制作チームの粋な姿勢に頭が上がらなかった。

　数年前には考えられなかったような毎日を送っている。しかし掛けた時間と、掛かってしまった時間のおかげで、浮き足立つことがなかったのが救いであったし、これまでの日々を考えるとバチが当たるようなことではないと思えていたから、「なんで自分たちが？」とは思わずに済んだ。

　一年先では、代々木第一体育館での単独公演も企てている。この先も歓び合いたい人と歓び合えるなら、やれるところまでやってやろうと決めていた。

　メジャーが全てではない。メジャーでなくても、ここまで出来る。

　しかし、自分たちでやっていたからこそ。

　メジャーが全てではない。が、メジャーでなければ出来ないこともある。

　に気付き始めていた。


「どうだろ、いよいよ本気なんじゃないかな」

「いやア、わからん。先月のヒロシの話だってあの後どうなったのかも知らないし」

「ヒロシって誰」

「知らないよ、私だって」

柳沢が呆れているが、私にとってあの話は今の我々と完全にリンクしていた。ヒロシは言わずもがな我々にとってソニーだ。

年が明けたばかりのこの日、SUPER BEAVERは事務所に集まって話をしていた。

「かれこれ三年だよね」

上杉が言った。

「ん？　いやソニーと決別してからもう十年近く経つよ」

「いや。五十嵐さん、ってかソニーがまたそういう雰囲気になってきたの」

今が二〇一九年なのでざっくりそれくらいか。

我々がメジャーに在籍していたあの時間。あの日々の中でいい思い出を探すのなんて『ウォーリーをさがせ！』で鍵と巻物を見つけるより困難だが、唯一の救いは『SUPER BEAVER』というセルフタイトルを付けたアルバムを作れたことだろう。一度全部バラしたディレクターとチームを再構築して作った最後のアルバムは、SUPER BEAVERにとってゼロ地点と呼んで不足ない一枚になった。

自分たちの意志で作りたいものを作ってごらん、と頂けた恩恵のもと作ったこの一枚。この時、ディレクターとしてチームのバランスをとってくれたのが五十嵐さんだった。

誰も信用などするものか、と正直思っていた。クリエイティブ云々を掲げた先で好きなようにバンドを使うサラリーマンのことなど、どうやって信用出来ようか。自分の弱さも、オトナの横暴さも、全てが気に入らなかった。自分の弱さに甘んじて棘だらけになっていた我々を一手に引き受け、意志を尊重した上で慎重にディスカッションをしてくれたのが五十嵐さんであったのだ。

全てを作り上げたとき一緒に歓んでくれた五十嵐さんを見て、この人には感謝をしたい、と純粋に思えた。

その後メジャーを離れて自分たちで動き始めてからも、五十嵐さんは単独公演の折には、こまめに足を運んでくれていた。しかし三年前くらいから、もう一度的な空気を漂わせ始めていたのだ。ほら、色々あったけどさ、あの時の俺らって、なんか、うまくやれてたじゃん、的な。

そして年が明けていよいよ、面と向かっての話し合いの場を設けてくれませんか、という話をもらった。

私は椅子にもたれて、指の先を意味もなく見つめながら言った。

「その三年ね。ちゃんとそういう話になってきたのは最近だけどね。ずっと気にかけてくれていたのは、まア間違いない」

「別れた彼女、彼氏、わかんないけど。三年追いかけてもう一度よりを戻したいっていうのは、なかなか本気なんじゃない？　ずっと好きってことだもんね」

藤原さんが顔を赤らめて言った。何を想像したのかわからないが深く探ると怖い答えが返ってきそうだったので追及するのはやめた。

柳沢が口を開いた。

「ほら、反骨精神だけでやっていた時期もあったけど、俺たちのスタンスとしてメジャーに中指を立ててやってきたわけではなかったんだし。メジャー落ちバンドが自力で這い上がってく復活劇を今まで俺たちは展開してきていたわけだけど、実際規模も大きくなってきて、それこそこのままだと出来ないこととか見えてきちゃったわけじゃん」

私は指先から柳沢に視線を移した。「まア宣伝云々のことだけ考えても、動かせる額が一桁違うよね」

「そうそう。もちろんそれだけじゃないけど、やっぱりメジャーってメジャーと言われる所以《ゆえん》があるよね。だからまたメジャーに返り咲くっていうのには、ぼちぼち面白いタイミングになってきたんじゃないかな、って思うんだよね」

「ソニーから落ちて、ソニーに戻るなんて、前代未聞なんじゃないの？」

今上杉の言った通りだった。果たして本当に前代未聞なのかどうかは定かではないが、とりあえずそういった前例を我々は知らなかった。かつてソニーから首を切られたバンドが、オファーを受ける形でもう一度ソニーに戻る。転落した後に必死で這い上がってきたというだけでも他に話を聞かないのに、さらにここでもう一発前例を作る。おそらく今我々にしか出来ないことだ。確かに、面白い話かもしれない。

ただ、本当に慎重にならなければならない。それは全員が思っていたことだろう。

事と次第によっては「数年前には考えられなかったような毎日」と思えるこの時間まで一瞬で失うことにもなりかねない。

あの頃とは何もかも違う。意志の大きさ、腹の括り方、生きていく知恵、バンドの規模、何もかもだ。だから同じことにはなり得ない事はわかっていた。

それでも。

あのメジャーだ。

「まア、とりあえず。本腰入れての話し合いは初めてなわけだし。来月、感触を確かめてみましょう」

3

五十嵐さんを含むソニーの方々に、eggmanの事務所に出向いてもらう。

とても大事なことだと思うのだがイーブンな立場でいることを意識しなければならない。我々はメジャーレーベルの力を借りる立場にあるのだが、メジャーレーベルも我々の力を借りる立場にあるのだ。時間の経過や動き方によってこの立場が揺らいではならない。どちらも「力を貸してやってる」になってはいけないのだ。

だからこの場合も出向いてもらうのはとても大事なことだった。

二月某日、痺れるような寒さだった。間も無く話し合いが始まる。

十年以上前、知らない世界のヌルヌルして本質の掴めない話に、とりあえず足りない頭をカクカク頷かせていただけだった我々とは違う。頷かないよりは頷いた方がいいだろうなんてまるで思っていない。

全て理解して、全て納得した上でないと、絶対に首は縦に振らない。

バンドマンとして、音楽家として、商品として、男として、人間として、未来の話をしなくてはならない。

「あ、来たんじゃない」

柳沢の言葉で視線を移すと、ソニーチームがちょうど入ってくるところだった。

私は立ち上がって、大きく息を吸い込んで、言った。

「一体どういうつもりなのよ！　信じられない！　もう一緒にいられないって一方的に突き放しておいて今さらよりを戻したいなんて虫がよすぎると思わないの？　この期間をどんなふうに私たちが過ごしてきたかわかる？　粉々になったメンタルを支え合いながらどうにかバンド続けてここまできたの！　いろんな人の気持ちに触れて、自分たちの『音楽』を自覚して、膨大な時間を掛けてようやく形になってきたところなの！　山あり谷ありとか、紆余曲折とか、そんな単純な言葉で片付けられるような道のりじゃなかったってもちろん知ってるんでしょ？振り返って『楽しかった』って言えるその言葉にはそれだけじゃ収まらない切実な気持ちが全部乗っかってるのをわかっているのよね？　今ならある程度の数字見込めそうだなってそんな中途半端な商売っ気だしてここまできたわけじゃないでしょうね？　新人やるよりリスクが少ないからってそんな理由でここまできたわけじゃないでしょうね？　SUPER BEAVERがここまで来るまでに大事に渡してもらったいろんな人の気持ちまで全部背負って一緒にやりたいって覚悟はあるんでしょうね？　SUPER BEAVERの音楽を好きになってくれて音源を聴いたりライブに来たりしてくれる人の、我々にとっての宝物って言えるその気持ちまで抱きしめられる覚悟はあるんでしょうね？　どうなのよ！　言ってみなさいよ！　黙ってないで何か言ったらどうなのヒロシ！」

「そこまで言うのはお門違い」

「私情入れ込みすぎ」

「ヒロシって誰」

柳沢と上杉と藤原さんに、そう言われながら取り押さえられた。髪の短い女の子が一瞬憑依《ひょうい》してしまったようだ。彼女は温厚そうに見えて割とプッツンしやすいタイプの女の子だったのかもしれない。

いやはや、たとえソニーがSUPER BEAVERがここまで来るまでに大事に渡してもらったいろんな人の気持ちまで全部背負って一緒にやりたい、と言ってもそこは最後まで自分たちで背負いたいし、たとえソニーがSUPER BEAVERの音楽を好きになってくれて音源を聴いたりライブに来たりしてくれる人の、我々にとっての宝物って言えるその気持ちまで抱きしめようとしてもその前に自分たちで抱きしめる。

永井に背中を叩いてもらって彼女を追い出す。「すみませんでした」とせっかく来てくれたソニーチームに頭を下げた。

テーブルを挟んで、メンバーサイドとソニーサイドにしっかり分かれたところで、いざ話し合い。

五十嵐さん、そしてソニーの方々から聞きたかったのは、インディーズでこんな風な活動をしてきた自分たちだがメジャーに行ったら一体何が出来るのか、ということはもちろん、もっと聞きたかったのは気持ちの部分である。

我々がもしまた誰かと手を組むことがあるのだとすれば、SUPER BEAVERの音楽と人と歴史をちゃんと愛してくれる人でなければダメだと思っていた。愛情を糸目を付けずに注げる人同士でなければ、仕事と呼ばれるものから仕事以上の歓びを見つけることはきっと出来ない。なんだか結婚相手を決めるみたいだと思いつつ、音楽でもなんでも、深く気持ちの根を張った物事なら、そうあって然るべきなのだろうと、以前もどこかで似たようなことを思った自分を思い出した。

面白そうな方に、楽しい予感のする方に進む我々の歓びを、共有出来る仲間になりうるのかをきちんと確かめなければならない。

「えエと」

五十嵐さんが話し始めた。正直言って、この時の五十嵐さんはお話が上手ではなかった。Aの話をするために引き合いに出したBを、Cとして成り立たせるためにDに擬《なぞら》えて話した結果、Eにだんだん脱線していることに気が付いて慌てて軌道修正したFが、実はCの話だったのです、みたいな。

しかし、五十嵐さんが全く関与していなかった靄《もや》のかかった時間のことも、五十嵐さんにお世話になった以降の時間のことも、全てまでをも担う気概を見せてくれた五十嵐さんからSUPER BEAVERの根幹と同じものを感じた。

この時間で全てを判断してはいけない。しかしあのとき『SUPER BEAVER』というアルバムを作った時に見せてくれた純粋な気持ちと、音楽も人も大事にしてくれる心根は、やはり本当のものであったように思えた。

メジャーというそのものの本質は変わらないかもしれない。けれど、「かもしれない」で突っぱねずに信じてあげられるところを信じてあげようとする我々のスタンスが、素敵な未来を作る可能性だってあるのだ。

身を預けていい部分と、預けてはいけない部分はある。これは諦念ではなく理解だ。きっと、共闘するということはそういうことなのだと思う。

信じるが故、信じてもらうが故、だ。

「という感じ、ですかね」

五十嵐さんが話を締め括る。必死で話してくれた五十嵐さん、覚悟を示してくれた五十嵐さん、結局Aの話はしなくてよかったのですか？　五十嵐さん。

愛だけ、疑えなかったのが決め手であった。


ソニーチームを見送ると、ぐったりと疲労感が身体を支配した。

我々のような若輩者が、オトナとまともに話をするというのはこういうことだ。

隣の永井も少しくたびれて見えた。

「メジャーで動ければあなたも少しは楽になるね」

「そうっすね」

マネージメントもリリースに関しても、ほとんどの場面で暗躍しまくってた彼も、もし我々がメジャーからリリースするとなったら分業されることになるため、いくらか楽になるはずだ。SUPER BEAVERが［NOiD］に所属している状況は、たとえメジャーと手を組んだとて変わることがない。［NOiD］は事務所で、ソニーはレーベルだからだ。前者は我々の活動の全体をマネジメントする動きをしてくれるところで、後者は盤を作ってから売るまでの管理とプロモーションをする動きをしてくれるところ。即ち双方きちんと所属する形にはなるのだが、機能の仕方が別なのである。

我々はまだまだであるが、よくもまアこの規模になるまで永井は動けたもんである。もちろん今では永井のみならず現場マネージャーとして一生懸命動いてくれる瀧口の力も絶大で、物販諸々を請け負ってくれる石川の力もかなり大きいのだが。

「まださ、どうするかをここで決めるつもりはないいんだけどさ」

「はい」

「もし、またメジャーレーベルから音源出すことになったらさ。なんて打ち出すのが正しいの」

「やっぱりメジャーデビューになるんじゃないですか」

「でもさメジャーデビューはとっくの昔に経験済みじゃない」

永井は顎に手を当てて考えた。「二度目のメジャーデビュー?・」

「いや、デビューに二度目はないでしょう」

みんなで膝を突き合わせて考えることになった。様々な案が出たが、上も下もなく手を組むという意が最も伝わりやすいものが『メジャー再契約』なのではないだろうかというところに落ち着いた。

「みなさんお疲れ様でした。今日はこんな感じで。今日明日で決められるような話ではないのでしっかり時間掛けて考えていきましょう」

永井がそう言って、各々立ち上がる。

人生で二度もメジャーレーベルとこういった類の話をするなんて思わなかった。というかすっかりバンドマンとして生活しているが、音楽をやるつもりなんてなかった男が、人生の約半分を賭《と》して音楽をやることになるなんて不思議なこともあるものだ。帰りしなメンバーの顔を見て改めて思った。

「いい時間だったなア」

上杉が言った。彼が声を掛けてくれなかったら私はマイクを握ることはなかっただろう。彼がいなかったら、このバンドは存在しない。

「いい時間だったね」

柳沢が言った。バンドのブレーンとして動いてくれる彼の尽力があってこそ、このバンドはここまで来られたんだと、そう思っている。

「ずっと好きでいてくれたんだね」

藤原さんが顔を赤らめて言った。人一倍練習に励み、立てるとこでは人を立てられる彼のおかげでこのバンドはバランスを保っていられる。

「また腹括りますか」

こんなこと言う私は、この三人の真ん中に立つ男だ。だからいつでも胸を張っている。

一体これが何本目のスタートラインなのだろう。一度もゴールせずにまた、SUPER BEAVERは位置についた。

4

我々が主催するイベントのタイトルを『都会のラクダ』と銘打つようになってもう十年が経過している。

自主企画のイベントタイトルをどうするかと話し合った時、「じゃア俺が決めてくるわ」と私が言ったのが起点だった。宮本輝、浅田次郎、花村萬月の本の中身から考えた候補が三つ。その中で選ばれたのが『都会のラクダ』だった。宮本輝の『青が散る』という本にガリバーというフォークシンガーが出てくる。彼が歌う曲に『人間の駱駝』という曲があり、それに着想を得たのだ。

この曲の本質と自分たちの生き方が完璧にリンクしているとは思えないのだが、東京の街で生まれた私だからどうにも心打たれてしまった。

今まで感じた孤独と明日からの恐怖も置き去りにはせず、四人で生きていたい。自分たちで歩む日々はスローであてどなく、それでも背中の瘤《こぶ》は夢ばかりだ。

バンド名にビーバーを使っている我々であるから、動物の共存は如何《いかが》なものかとも思ったが、まアどうにかなんだろ、とそういった具合で決定した。まさかこの名前のまま今日《こんにち》に至ると思っていなかったという読みの甘さも垣間見られる愛おしい名前。

二〇一九年、そんな『都会のラクダ』は、今までのSUPER BEAVERのライブ活動をそのまま表すようだった。

同じ街でホールの単独公演と、ライブハウスの対バン公演も行うツアーを敢行するのと同時に、それでもまだ尚一緒にやりたいバンドがいるということで、そのツアーでは回れなかった街を回る別の対バンツアーも敢行した。同時期に並行して二本のツアーを走らせたのだ。「何やってんの」と大勢の方に言われたが、自分たちでも同じことを思っていたので、「ね」と返した。

年末には総決算という形でSUPER BEAVER初のアリーナ単独公演。フロムライブハウス、まさに現場至上主義の名の通りの動きであるように思う。

ライブハウスからホールに行くのではなくて、ホールからアリーナに行くのではなくて。活動する場所を変えるのではなく、活動する場所をただ増やしたいと思っていた。

やりたいところでやるというこのスタンスのなかで、観たいと思う会場を選んでもらいたいと思っている。その場所で生まれる、その場所でしか味わえない感動を、ずっと感じていたいし、感じていて欲しい。


オンステージに全てを費やした一年は凄まじい濃度であっという間に過ぎていった。気が付いたら二〇二〇年。

SUPER BEAVER十六年目突入を目前にして、自身最大キャパシティとなる代々木第一体育館での単独公演を迎える。

「インディーズとして、最後の単独公演になるんじゃない」

柳沢の言葉にハッとする。ソニーチームとしっかり顔を合わせてから一年が経っていた。この一年で一体何回意見をすり合わせてきたのだろう。自分たちの意見をしっかり伝えると、全てを受け取ってもらえた上で新しい意見をもらえた。初めてメジャーというフィールドに飛び込んだ時とは、何もかもが違った。

どちらかが一方的になるということがなく、互いに重ねていく意見のその先でさらにいいものになるように考えようという体制に我々はとても感謝した。

いいオトナもいるんだなアと改めて思った。悪いオトナがいないわけでは決してないが、メジャーにはいいオトナだっているのだ。当たり前のことだが、おかげさまでこのバンドは身をもって体験しないことには信じられない性分になっていたので悪しからず。

「そうだね。代々木公園のライブも単独にはなるけど、まア実質これが最後だね」

楽屋の椅子に腰掛けた上杉がベースをいじりながら言った。腹を括ってのメジャー再契約は華々しく、そして我々の体温が直接伝わるような発表の仕方にしたいと思っていた。なので十六年目に突入する四月のタイミングで代々木公園での無料ライブ、同時に無料で配信することも計画していた。

「そういえばぶーちゃん、イヤモニどうなの」

藤原さんが練習パッドを叩きながら言った。不意に気が付いたが、もはや私のことを「ぶーやん」と呼ぶ人間はメンバー、スタッフの中にはほとんどいなくなっていた。

ぶーちゃん、ぶー、ぶーさま、ぶーさん、あとは渋谷か、渋谷さんだ。かつて一つとして付いたことのなかったあだ名が少しずつ変化するような時間が私たちには流れていたのねエ、としみじみしていると、質問に答えてもらえずに困った顔をする藤原さんが目に入った。元から困った顔ではあるが、この表情は困った感情も伴っている表情だ。かつて見分けのつかなかったその機微に気が付くことが出来るような時間が私たちには流れているからわかる。

「うん、いい感じ。なかなか具合いいよ」

イヤモニというのはイヤーモニターのことである。演奏する人間の耳に、演奏しやすい状態の音をダイレクトに返すことのできるこのシステムを私が導入したのはつい最近のことであった。

ずっとライブハウスで歌を歌っていた私である。バンドの生音と、ステージ上にある足元のスピーカーから返してもらう音の中で歌うこと以外は考えられなかった。もっと厳密にいえばSUPER BEAVERは演奏の音が大きくてうるさいため、私は八年以上もの間、常に耳栓をしながらオンステージしていたのである。このスタイルは日本武道館でも例外なく、ツーセット百円そこらで売っているスポンジ状の耳栓をしてこれまで八百回近くステージに上がっていた。

そんな私であるが、大きな会場に立つ機会が増えるにつれ、音の跳ね返り、音の遅延によるやりづらさを感じるようになってきていた。イヤーモニターはなんだかプロフェッショナル然としてどうにもむず痒さを感じていたのだが、いざ装着してみると、案外やりやすかったので導入することにしたのだ。

やおら始まったバンドが気が付けば十六年目を迎え、インディーズがメジャーになって、渋谷がぶーやんになってぶーになり、耳栓がイヤモニになった。

広い楽屋があって、四人以外にも本気で尽力してくれるスタッフがいて、これから向かうのは代々木第一体育館のステージだ。我々の所属するeggmanの事務所の目と鼻の先にこのステージはあったのに、いつかはここで、と思ったことなんて全くなかった。興味がなかったという意味ではなく、視野には入っていたものの大きすぎて像を結べていなかったという意味だ。

「なかなかに感慨深いね」

誰に言うでもなく、私は口に出した。

二〇〇人、三〇〇人、三五〇人、五〇〇人、七〇〇人、九〇〇人、一二〇〇人、二三〇〇人、二七〇〇人、三〇〇〇人、一〇〇〇〇人。

我々の単独公演の歴史だ。

そして本日、我々が対峙するのは一二〇〇〇人。我々のスタンスに従ってきちんと表すならば、一人×一二〇〇〇。

あア、本当にすごいことだ。


思い出す、いちいち。

振り返る、わざわざ。

我々が当たり前のように感じる一つ一つが、誰かの特別の上に成り立っているということを忘れないように。愛おしいと想う人が好きでいてくれる自分を、たまに愛してやるために。

メンバーの誰一人欠けることなく、決して順調ではない歩みでここまできた。

虚しかった、悔しかった、恥ずかしかった、苦しかった、許せなかった。それでも誰かのせいにしたくなかった。かっこ悪いから。

楽しかった、嬉しかった、気持ちよかった、誇らしかった、愛おしかった。自分たちが抱きしめてきたもので、あなたを抱きしめたかったから。


ギター、柳沢亮太。

ベース、上杉研太。

ドラム、藤原広明。

ボーカル、渋谷龍太。

そして、あなたでSUPER BEAVER。


想えば想うほど、思い出せば思い出すほど、考えれば考えるほど、愛おしい。

それでも尚足りない。それでも尚満たされない。欲張ってあなたと生きることの原動力が『楽しい』である今を嬉しく思う。

「オンタイムで行きます」

楽屋に顔をのぞかせた永井が言った。

どんなライブにしたいか。

いろんな場所でよくこんな質問をされるが、具体的な答えを持ってオンステージしたことなんか一度もない。

最高の夜にするだけだ。

本日も変わりなく、過去最高の夜にするだけだ。

メンバーの顔を盗み見た。こいつら好きだな、って思えたから、やっぱり俺たちは無敵。

あとがき

こんな風に自分たちの歴史を振り返ってみると、愛おしいバンドだと思う。

如何《いか》なる場面でも、一度も格好がついたことがない。しかしこの格好つかない歴史を俯瞰《ふかん》して見てみると格好悪いわけではないのが不思議だ。

誰かに手を差し伸べてもらったり、寄り掛からせてもらったり、そんなことばかりを繰り返したその先で、その一つ一つの恩義を無下にしないように奔走する姿は我ながら好感が持てる。

他のバンドにはない歴史が今のSUPER BEAVERのスタンスを形成したのは間違いがないので、いちいち丁寧に振り返るというのは必要なことだと思う。当たり前だとかそういう、驕り、慢心の類が好きではないが、特別に頭のいい人間ではない私である。どうして自分が生きてこられたのかをくどいくらいに再確認して、誰かの特別の上にある自分の日常を意識することが必要だと思っている。

その度に地に足つけてやっていきたいと思える。やはり浮き足立ってたら足跡の一つも残せない。

初めて書いた『都会のラクダ』の原型はたしか、当時やっていたブログだったと思う。拙いなりにそれを書いてみようと思ったのは、知っているとさらにSUPER BEAVERの音楽が楽しくなる歴史が我々にはあったから。

知らないと楽しくない、とは違う。知っているとさらに楽しくなる、だ。

様々なタイミングで私とあなたは出会っている。或いはずっと前から、或いはここ最近になってから。共有してきた時間はもちろんそれぞれに違う。ただずっと前から知っているとか、ここ最近になって知ったとか、そういう類の話はどこか不毛だと思っているので押し並べて共有出来る過去が増えたら素敵だなアと思った。

好きになってからの時間より現在進行形の好きの大きさの方が大切だ、と私は思っているので、知りたいと思ってくれた時に過去まで遡って手に取れる状況を作りたかったのだ。

拙いものであったが、ブログを読んでくれた方々から「面白かった」と言って頂けたので、次は本にしてみようと思った。本を読んでから我々の音楽に触れたら違った音になるかもしれない、とDVDと同封する形で書いたこの本は、編集者である母ちゃんに仕事を依頼した。

友達であれ、親族であれ、一緒に仕事をするのが好きだ。遊びで作ったものも、それはそれで素晴らしいのだが、互いが人生の一部を賭《と》して真剣に向き合ったそれが、誰かの人生に染み入るものになるなんて滅茶苦茶ロマンチックだと思うからである。計画的でも、偶然であっても、一緒に仕事が出来るということは自分にとって大きな歓びなのだ。

この本を手にしてくださった方から「面白かった」とまた言って頂けたので、この次は十五周年の節目に、再びウェブで読める小説としてアップしようという話になった。どれだけ同じもの擦《こす》るんだよ、と思われるかもしれないが、その都度書き直している。増えた歴史を追記するのはもちろん、より伝わりやすくするために以前の歴史もガンガン改めた。

そしてこのウェブ版がきっかけでこの『都会のラクダ』という本の出版が決まったというわけである。半分以上が書き下ろしであり、今までで一番手を加えた。

幾度も幾度もやりとりさせてもらう中で、格好がつかないが格好悪いわけではない我々の歴史が、SUPER BEAVERの音楽を楽しくするだけのものではなく、これ自体がきちんと一つの形になればいい、と思うようになってきた。

だから右往左往の人生にしがみつく我々の物語があなたにとっての何かになったら素敵だと思って書いた。具体的でなくていい。人それぞれに形を変えた何かになったら、音楽家冥利に、バンドマン冥利に、人間冥利に尽きる。

この本はもちろん十六年と半年の歳月をかけてゆっくり書いたわけではなく、現在の私が数ヶ月の間全力で思い出しながら書いたものであるからして、忘れている過去もたくさんあるだろう。そして歴史の本筋から遠ざかってしまいすぎないように、割愛した過去もたくさんあった。

留学が決まっていた当時のクラスメイトにステージ上からプレゼントを渡して大滑りした話や、私のバイト先に来た柳沢が泥酔した挙句一つしかないトイレに一時間も立て篭もった話、喧嘩を始めた柳沢と上杉を横目に藤原さんが我慢できずにブリトーを買いに行ってしまった話や、彼女ができたことを黙っていたら上杉にものすごくキレられた話、私が全壊させてしまった車のリアガラスを九州の鳶職の方々が総出で直してくれた話や、私がレギュラーでパーソナリティをやらせて頂いていたオールナイトニッポンの最終回を入院して飛ばしてしまった話、そして客席から私が小さいお子さんにパパと呼ばれてしまった話など、他にももっともっとたくさんある。

そしてメジャー期編にて、書かないで、とレーベルに言われて渋々削った壮絶なあれこれが、幾つも。

忘れてしまった過去、書きたかったけど書けなかったことなどもあったので、せめて当時の心情的な部分くらいはきちんと忠実にしたいと思っていた。

だから書いている時間は完全に立ち帰るようにしていたので、これを書いている時の私の情緒はなかなかに大暴れだった。ワクワクしたり、怖くなったり、笑ったり、怒ったり。でも泣いたのが一番多かった。

自分で書いて自分で笑ったり泣いたり出来るなら世話ないぜ、と思いながらも鮮明に覚えていられる感情がこれだけあった人生を送れてきたのだと、新たな感傷に浸れるのでやっぱり世話ない。

ちなみにこの本を綴っているのは二〇二一年の夏。東京オリンピック真っ只中だ。本来ならば今現在、私がコーヒーを飲みながらこれを書いている現在と並行してこの本を〆括るのが筋のような気がしたのだが、二〇二〇年の一月に行った代々木第一体育館での単独公演で〆た。

それはこの先を書き進めると二〇二〇年の三月に東名阪で企画していた『現場至上主義』というイベントの中止を皮切りに、組んでいたリリースツアー、延《ひ》いてはメジャー発表をする予定だった代々木公園のフリーライブもことごとく頓挫する未来の話にどうしても繋がってしまうからである。

平穏無事でなくたって、これもバンドの、そして個人の人生の大事な歴史であるので書くことはやぶさかではないのだが、この世の中に対して自分の処理が追いついていないため、今流行っているウイルスと無関係でいられるだろうと思っていられた最後の時期で〆ることにしたのだ。

我々の歴史は転んで起き上がるまでがセットだ。挫折も後悔も、その後の未来で折り合いをつけてきた。今回ももちろん自分たちで考えて、自分たちで行動して折り合いをつけるつもりなのだが、山あり谷ありの日々を「山」のない「谷」単品の現状でお届けするのはどうにも、といった具合なのだ。

おいおいこんな今の時代を、「好きにはなれない時間だったけど、まア悪いことばかりではなかった」と言える未来にしていこうと思っているので、いずれその時にでも。

最後まで書いてみて、つくづく人に恵まれているバンドだと改めて思った。書けば書くほどに、人の顔が浮かんだ。SUPER BEAVERが絶対どのバンドにも負けないところだと思う。私より歌が上手い人はいる、我々より演奏が上手なバンドもいる。しかし人に恵まれたおかげで我々ほど、人に、そして何よりあなたに目掛けて音楽をやっているバンドはいないと言い切れる。

改めて。

あなたが音楽をやる理由です、あなたが生きる意味です。生きててよかったと思わせてくれたあなたの「生きててよかった」になりたい。

これからも地に足つけてバンドマン、精進していく所存。あなたが好きでいてくれる限り我々はいつまでも無敵です。いつもありがとう。

これからも安心して、どうぞついてきてください。愛してるよ！

渋谷龍太（しぶや・りゅうた）

1987年5月27日生まれ。
ロックバンド・SUPER BEAVERのボーカル。2005年にバンド結成、2009年メジャーデビュー。2011年レーベルを離れ、インディーズで活動を開始し、
年間100本のライブ活動をスタート。大型フェスにも参加し、2018年には日本武道館単独公演を開催。2019年に兵庫・ワールド記念ホールと2020年1月には東京・国立代々木競技場第一体育館で初のアリーナ単独公演を開催。チケットは即日ソールドアウト。結成15周年を迎えた2020年4月にメジャー再契約。映画『東京リベンジャーズ』（2021年）、続編である『東京リベンジャーズ2 血のハロウィン編』（2023年）前後編と3作全ての主題歌を担当する。現在もライブハウス、ホール、アリーナ、フェスなど年間100本近いライブを行い、2023年7月には、自身最大キャパシティとなる富士急ハイランド・コニファーフォレストにてワンマンライブを2日間開催し、約4万人を動員した。同年9月からは「SUPER BEAVER 都会のラクダ TOUR 2023-2024 〜 駱駝革命21 〜」をスタートさせ、2024年の同ツアーでは約6年ぶりとなる日本武道館公演を行い、4都市9公演のアリーナ公演を実施。2024年2月21日フルアルバム『音楽』をリリース。2024年6月2日の東京・日比谷野外音楽堂を皮切りに、大阪、山梨、香川、北海道、長崎を巡る初の野外ツアー「都会のラクダ 野外TOUR 2024 〜ビルシロコ・モリヤマ〜」を開催する。さらに同年10月から新たなツアー「都会のラクダ TOUR 2024 〜 セイハッ！ツーツーウラウラ 〜」の開催を発表。

都会のラクダ

2021年11月26日　初版発行
2024年10月10日　第10刷発行

著　者　渋谷龍太
発行者　山下直久
発　行　株式会社KADOKAWA
〒102-8177 東京都千代田区富士見2-13-3
電話　0570-002-301（ナビダイヤル）
印刷・製本　株式会社暁印刷

●お問い合わせ
https://www.kadokawa.co.jp/
（「お問い合わせ」へお進みください）
※内容によっては、お答えできない場合があります。
※サポートは日本国内のみとさせていただきます。
※Japanese text only

ISBN978-4-04-897104-1　C0093
Printed in Japan

定価はカバーに表示してあります。